第一章　シングルマザーの惨死《ざんし》

1

明らかに挙動不審だ。

真崎《まさき》航《わたる》は十数分前から、浜辺をうろついている怪しい中年[illegible]いた。男は四十代の半《なか》ばだろうか。獲物を狙《ねら》う目つきだった。

三浦《みうら》半島の津久井浜《つくいはま》である。八月上旬のある日の午後だ。

真崎は、妻子とともに海水浴を愉《たの》しんでいた。午後三時を回[illegible]暑い。陽光を吸った海面はぎらついている。

不審者はスイミングパンツを穿《は》き、縞柄《しまがら》の長袖シャツを着込んでいた。パナマ帽を被《かぶ》って、肩に黒いショルダーバッグを掛けている。

一度も海には入っていないようだ。さっきから砂浜を行きつ戻りつしている。その日は、水着をまとった若い女性たちだけに注《そそ》がれていた。見方が粘《ねば》っこい視線だった。

おそらく盗撮マニアだろう。ショルダーバッグの中には、デジタルカメラかスマートフォンが仕込んであるにちがいない。

「なんか周《まわ》りを気にしてるみたいだけど、知り合いが近くにいるの？」

妻の美玲《みれい》がかたわらで訊《き》いた。

三十六歳だが、体型は独身のころとあまり変わっていない。ワンピース型の水着に包まれた肢体《したい》は色っぽかった。夫婦はビーチパラソルの下で並んで腰かけている。どちらも正午前に一度泳いだきりで、水平線を眺《なが》めつづけていた。

息子の翔太《しょうた》は、どこかで泳いでいるはずだ。小学五年生である。サッカーとテレビゲームに熱中していて、学業は振るわない。

「盗撮魔が、ビーチで若い娘《こ》たちの水着姿を隠し撮《ど》りしてるようなんだ」

「えっ、そうなの。職業柄、見逃すわけにはいかないんじゃない？」

「そうだな。ちょっと行ってくる。ここで待っててくれないか」

真崎は妻に言って、ビニールシートから腰を浮かせた。海水パンツの上に白いTシャツを着込んでいる。履物《はきもの》はビーチサンダルだった。

三十八歳の真崎は警視庁の刑事だ。並の捜査員ではない。刑事部長直属の特捜警部である。男臭い顔立ちで、体躯《たいく》も逞《たくま》しい。

警視庁の刑事総務課には刑事部特別捜査係が幾人かいるが、そのひとりではなかった。刑事部長の特命で、非公式に捜査本部事件や未解決事件の支援捜査をしていた。

真崎は、一年十カ月前まで本庁捜査一課第三強行犯《きようこうはん》捜査殺人犯捜査第六係の係長だった。殺人捜査に携《たずさ》わっているのは第二・三・四強行犯捜査殺人犯捜査第一係から十二係の各係だが、その中で真崎の検挙率は常にトップで、敏腕刑事として知られていた。

しかし、人生はいいことばかりではない。真崎はある殺人未遂事件で、担当管理官とぶつかった。

その事件の容疑者は、超大物政治家の甥《おい》だった。加害者は殺意をもって、被害者の頭部をスパナで何度かぶっ叩《たた》いた。単なる傷害ではなかった。殺人未遂事件だった。

だが、出世欲の強い担当管理官は外部の圧力に屈《くっ》してしまった。加害者を傷害容疑として送致するため、なんと自ら事件調書をこっそり改ざんしたのである。警官失格だ。それ以前に人の道を外れている。

真崎は、そうした不正に目をつぶることはできなかった。内部告発する気になった。

その矢先、真崎は罠《わな》に嵌《は》められた。担当管理官に金で抱き込まれたキャバクラ嬢に下着泥棒に仕立てられそうになったのだ。やり方が卑劣《ひれつ》ではないか。怒りが膨《ふく》らんだ。

真崎は管理官を人気《ひとけ》のない場所に呼び出し、いきなり大腰《おおごし》で投げ飛ばした。

相手は反撃しなかった。真崎は柔剣道ともに三段だ。とても太刀打ちできないと判断したのだろう。

その不祥事は上層部の判断で、マスコミには伏せられた。イメージダウンを避けたかったからにちがいない。当事者の二人はペナルティーを科せられた。喧嘩両成敗《けんかりょうせいばい》ということだろう。

警察官僚《キャリア》の担当管理官は離島の所轄署に異動になった。ポストは副署長だったが、間違いなく左遷《させん》だ。真崎は天野勇司《あまのゆうじ》刑事部長預かりの身になった。

五十一歳の天野は有資格者《キャリア》のひとりだが、筋を通す人物だ。何事も是々非々《ぜぜひひ》主義を貫《つらぬ》く。後輩キャリアである担当管理官を庇《かば》ったりはしなかった。硬骨漢《こうこつかん》と言えよう。

真崎は、刑事部長の右腕の参事官を窓口にして密行捜査をこなしている。そのことを知っている上層部は警視総監と副総監だけだ。むろん、捜査一課長と別働隊の面々は周知していた。

峰岸達也《みねぎしたつや》参事官も警察官僚である。四十四歳で、学者風の容貌《ようぼう》だ。エリートだが、決して高慢ではない。驚くほど謙虚《けんきょ》だ。人間は五十歩百歩であることを知っているからだろう。自信家の多くは、そのことに気づいていないのではないか。

密行捜査には特典がある。特別手当の類《たぐい》は支給されないが、捜査費に制限はない。通常、一件に付き二百万円の捜査費が与えられる。足りなくなったときは、すぐに補充してもらえる。

一般の警察官には小型回転式拳銃のＳ＆Ｗ《スミスアンドウエッソン》のＭ360Ｊか、自動拳銃のシグ・ザウエルＰ230ＪＰが貸与されている。

真崎は、イタリア製のベレッタ92ＦＳの常時携行を特別に許可されていた。といっても、ふだんは拳銃を持ち歩いていない。

真崎は専用パトカーとして、黒いスカイラインを与えられていた。特捜指令が下《くだ》されなければ、毎日が非番と同じだ。登庁する義務はなかった。

基本的には単独捜査である。だが、真崎は麻布《あざぶ》署刑事課時代の部下の野中賢人《のなかけんと》の手をよく借りていた。野中は三十五歳で、レスラーのような巨漢だ。強面《こわもて》で、凄《すご》みがある。

野中は親密だったクラブ女性歌手が薬物に溺《おぼ》れていることを知りながら、積極的に高飛びさせた。つい情《じょう》に負けてしまったのだろう。

当然のことだが、野中は懲戒免職《ちょうかいめんしょく》になった。四年八カ月前のことである。その翌月、野中は博徒系暴力団の組員になった。

もともと彼はアウトロー気質だった。さほど迷いはなかったようだ。盃《さかずき》を貰《もら》った追分《おいわけ》組《ぐみ》は麻布一帯を縄張りにしているが、構成員はおよそ千二百人と少ない。

任俠道《にんきょうどう》を重んじている追分組は賭博、管理売春、金融、興行、絵画リース、ビル解体などをシノギにしていた。麻薬の密売や故買《こばい》ビジネスには手を染めていない。

野中は三十代ながら、昔気質《かたぎ》の筋者《すじもの》だ。堅気《かたぎ》や女子供を泣かすような真似《まね》はしない。俠《おとこ》気《ぎ》があって、憎めないアウトローだった。

野中は無頼《ぶらい》の徒だが、正義感は棄《す》てていない。その点では、真崎と通じ合うものがあった。

まだ独身の野中は、無類の女好きだった。別れた女たちにまつわりつかれるのを避けたくて、ホテルやマンスリーマンションを塒《ねぐら》にしていた。要するに、住所不定ということになる。

真崎は元部下の協力を得ながら、これまで十数件の難事件を解決に導《みちび》いた。ただ、表向きは彼の手柄になっていない。それでも、特に不満はなかった。真崎は現場捜査そのものが好きだった。上昇志向はなかった。

真崎は文京区《ぶんきょう》千駄木《せんだぎ》で生まれ育ち、都内の私大を出て警視庁採用の一般警察官《ノンキャリア》になった。

自宅は目黒区《めぐろ》中根《なかね》二丁目にある。数年前に母が亡くなり、少しまとまった遺産を相続した。そのおかげで、建売住宅を一括払いで購入できたわけだ。それまでは、妻子と世田谷《せたがや》区内にある賃貸マンションに住んでいた。

千駄木の生家を相続したのは四つ違いの姉だった。二人きりの姉弟《きょうだい》だ。実家では、姉夫婦と二人の姪《めい》が暮らしている。

姉はリベラルな洋画家だ。実の弟が国家権力に繋《つな》がる仕事をしていることを恥じている節《ふし》があった。

真崎は体制派の人間と見られているようだが、実は中道だった。特定の思想に傾いてはいない。偏《かたよ》った考えに縛《しば》られると、自由に生きることが難しくなる。それでは、人生をエンジョイできない。

真崎は狡《ずる》い生き方はしたくないと思っている。といっても、決して優等生タイプではない。それどころか、アナーキーな面さえあった。

事実、真崎は抜け目のない犯罪者たちには非情に接していた。時には、違法捜査も辞さない。無頼な側面もあった。そんなことで、組員になった野中とはウマが合う。

真崎は、砂浜で思い思いに寛《くつろ》いでいる人々の間を縫《ぬ》った。
四、五十メートル進んだとき、前方から平手打ちの音が響いてきた。真崎は視線を延ばした。ビキニ姿の二十一、二歳の女性が盗撮マニアと思われる中年男を睨《にら》みつけていた。
「わたしが前屈《まえかが》みになったとき、あんた、ショルダーバッグの中に仕込んだカメラのシャッターを押したでしょ！」

「そ、そんなことはしてない。急にビンタを浴びせるなんて無礼じゃないかっ」

「バッグの中を見せなさいよ」

「わたしは疚《やま》しいことはしてない。きみは何か誤解してるんだ。ま、いいさ。今回は勘弁《かんべん》してやろう」

男が恩着せがましく言って、身を翻《ひるがえ》そうとした。白い水着をまとった女性がショルダーバッグのベルトをむんずと摑《つか》んだ。

すると、怪しい人物が水着姿の娘を乱暴に突き倒した。すぐに背を見せ、海の家のある方向に走りだす。

真崎は逃げる中年男を追った。

男はショルダーバッグを胸に抱《かか》え込んで、懸命に駆けている。真崎は男に組みつき、砂浜に仰向《あおむ》けに引き倒した。

「警察の者だ。そっちは浜辺をうろついて、若い娘《こ》たちの水着姿を盗み撮りしてたんじゃないのかっ」

「失礼なことを言うな！　わたしは、沖を走ってる水上バイクを眺めてただけだ」

「そうだったとしたら、何も浜を行ったり来たりする必要はないだろうが！　おれはおたくの動きが不自然だと思って、だいぶ前から様子を見てたんだよ」

「えっ⁉」

「バッグの中身を検《しら》べさせてもらうぞ」

「見せたくない」

男が焦《あせ》った表情で言い、両腕でショルダーバッグを抱え込んだ。

真崎はショルダーバッグを奪い取り、手早くファスナーを引いた。バッグの底の部分にデジタルカメラが仕込まれている。

真崎は粘着テープを引き剝《は》がした。隠し撮りされた画像を手早く再生させる。男に平手打ちを見舞った若い女性の張りのある尻がアップで捉《とら》えられていた。

被害者はひとりだけではなかった。乳房や下腹部を盗撮された女性が十六人もいた。悪質だ。大目に見ることはできない。

男が溜息《ためいき》をついた。真崎は盗撮犯を荒っぽく引き起こした。

「身分のわかる物を出してもらおうか」

「何も持ってない」

「素直に罪を認める気がないんだったら、所轄署に連絡することになるぞ」

「ショルダーバッグは友人の物なんだよ。わたしは預かってただけなんだ。本当だよ」

「往生際《おうじょうぎわ》が悪いな」

「本当だって」

男が小声で呟《つぶや》き、のろのろと立ち上がった。

そのとき、白いビキニ姿の女性が二人の制服警官と一緒に駆け寄ってきた。不審者に詰め寄る前に一一〇番したのだろう。男が全身を強張《こわば》らせ、逃げる素振りを見せた。真崎は男に足払いを掛けた。男が横倒しに転がる。

真崎は素姓《すじょう》を明かし、制服警官たちに盗撮マニアを引き渡した。二人の巡査が相前後して敬礼する。

「後《あと》はよろしく！」

真崎は言って、妻のいる場所に戻った。

パラソルの下のビニールシートに坐《すわ》り込むと、美玲が問いかけてきた。

「不審人物は、やっぱり盗撮魔だったの？」

「そうだったよ」

真崎は経緯を語った。

「いい大人が何をやってるのかしら。男って、動物ね」

「若い女の肉体《ボディー》は、それだけ魅惑的だからな」

「まさかあなたも……」

「おれは盗撮なんかしてないよ。翔太が夏休みに入ってからセックスレスがつづいてるんで、淫《みだ》らなことを考えたりはしてるが」

「だからって、浮気なんかしないでね」

「美玲は熟《う》れごろだから、浮気なんかしないさ」

「もっとおばさんになったら、浮気しそうね」

「先のことはわからないな」

「正直すぎるわ。一応、否定しておくのが夫婦のマナーじゃない？」

妻が笑いを含んだ声で言った。真崎は曖昧《あいまい》に笑い返した。

それから間もなく、翔太が両親のいる場所に現われた。ひとりではなかった。三、四歳の幼女の手を引いている。幼女は泣きべそをかいていた。

「翔太、その子は？」

美玲が問いかけた。

「海の家の近くの簡易トイレを出たらさ、この子が駐車場のそばで泣きじゃくってたんだ」

「連れの方とはぐれちゃったんでしょうね」

「そうじゃないみたいだよ。海水浴を早めに切り上げてお母さんと駅に向かおうとしてたとき、黒いワンボックスカーからナイフを握った男が飛び出してきて……」

「その男は、お母さんを車で連れ去ったのね？」

「そうらしいんだ。そうだよね？」

翔太が幼女に相槌《あいづち》を求めた。瞳の大きな幼女はしゃくり上げながら、無言でうなずいた。

「この子は戸部陽菜《とべひな》という名前で、先月、四つになったんだってさ。お母さんは由起《ゆき》という名前らしいよ。三十一歳だったかな」

「そう」

「ぼく、この子をライフセーバーの詰所に連れてったんだよ。でも、熱中症で具合が悪くなった女の人とガラスの欠片《かけら》で足の裏を切ったおじさんがいたんで、外で待たされたんだ。なかなか手当てが終わらないんで、お父さんたちに相談しようと思ったんだよ」

「そうだったの」

美玲が息子に言い、戸部陽菜を自分の横に坐らせた。陽菜は水色のワンピースを着込み、アップリケのあるポシェットを肩に掛けていた。

「必ずママと会えると思うわ。だから、もう泣かないで。ママを見つける手がかりを教えてくれる？」

「うん、うん。おばちゃん、何か飲みたい。あたし、喉《のど》がカラカラなの」

「これでいいかな」

真崎は陽菜に問いかけ、清涼飲料水入りのペットボトルのキャップを外した。

陽菜が容器を両手で受け取り、せっかちに喉を潤《うるお》す。真崎は陽菜に顔を向けた。

「おじさんはね、お巡《まわ》りさんなんだよ」

「なら、ママを無理やりに車に乗せた悪い男を早く捕まえて！　ママ、かわいそうだよ」

「ワンボックスカーを運転してた奴は、車から降りなかったの？」

「うん、そう。助手席から出てきた男がママの首にナイフを突きつけながら、後部座席に押し込んだのよ。ママは暴《あば》れたんだけど、逃げられなかったの」

「海にはママと二人だけで来たのかな」

「そう。パパは、あたしが生まれる前に交通事故で死んじゃったんだって。だから、ママと二人だけで下北沢《しもきたざわ》のアパートに住んでるの」

陽菜が答え、またペットボトルを傾けた。

「ママが働いて、きみを育ててくれてるんだ？」

「うん、そう。ママは、『セジュール成城《せいじょう》』という老人ホームで介護の仕事をしてるの。あたしは、いつも保育所でママが迎えにきてくれるのを待ってるんだ」

「偉いね。ママが育った家は遠くにあるの？」

「お祖母《ばあ》ちゃんの家は練馬《ねりま》ってとこにあるんだって。でもね、陽菜は一度も行ったことがないんだ」

「どうしてなのかな？」

「ママが勝手にあたしを産んだんで、お祖父《じい》ちゃんはすごく怒っちゃったんだって。パパとは、ちゃんと結婚してないみたいよ」

「ママは未婚の母だったのか」

「それ、何？　あたし、早くママに会いたいな」

「もうすぐ会えると思う」

真崎は手提《さ》げ袋の中から私用のスマートフォンを摑《つか》み出し、警察に事件通報した。

四人の所轄署員が臨場したのは、およそ八分後だった。真崎はその前に海の家のシャワー室で体をざっと洗い、陽菜と一緒に拉致《らち》現場で待っていた。

地元署員たちは真崎が警視庁の刑事と知ると、一様《いちよう》に緊張した面持《おもも》ちになった。彼らは陽菜から事情を聴《き》いて、ただちに緊急配備した。県内全域に検問所が設《もう》けられるだろう。

真崎一家は成り行きから、戸部陽菜に付き添う形になった。地元署の刑事が戸部由起の実家を調べ、すぐに電話をかけた。あいにく留守だった。

真崎はマイカーの赤いアテンザの後部座席に陽菜を坐らせ、妻子ともども午後七時過ぎまで津久井浜に留《とど》まった。

「陽菜ちゃんの祖父母に連絡がつかなかったら、一晩泊めてあげましょうよ。警察経由で神奈川《かながわ》県内の児童福祉施設に預けられたら、不安でたまらないでしょうから」

妻が助手席で提案した。

「そうするか。できれば、今夜中に母親に会わせてやりたいがな」

「ええ、それがベストよね。陽菜ちゃんのママ、何か犯罪に巻き込まれたんじゃない？」

「老人ホームで働いてるシングルマザーが事件に巻き込まれたとは考えにくいが、ワンボックスカーで拉致されたそうだから……」

「多くのシングルマザーは経済的に苦しいでしょうから、子育てのために法に触《ふ》れるようなアルバイトをしてる可能性もあるんじゃない？」

「まだまだ男社会だから、女親だけの収入で子供を育て上げるのは大変だろうな。美玲が言ったことは全面的には否定できないか」

「ええ、そう思うわ。今夜中に陽菜ちゃんがママに会えることを祈ってあげましょうよ」

「そうしよう」

真崎は同調した。

午後八時半を回っても、戸部由起の行方《ゆくえ》はわからなかった。いつの間にか、陽菜は翔太の肩に凭《もた》れて寝息をたてていた。

「今夜は、陽菜ちゃんを我が家で預かろう。そのことを地元署の人間に伝えてくるよ」

真崎は妻に告げ、運転席から出た。

2

シングルマザーの安否は不明のままだ。

真崎は悪い予感を覚えながら、ブラックコーヒーを飲み干した。自宅のダイニングテーブルに向かっていた。海水浴に出かけた翌朝である。

朝食を摂《と》り終えたばかりだった。妻は客間で陽菜に添い寝をしている。息子は少年サッカーチームの朝練習に出かけていた。

九時過ぎだった。きょうも蒸《む》し暑い。

真崎は妻とともに、所轄署からの連絡を待ちつづけた。しかし、朝になっても警察は戸部由起を見つけられなかった。

シングルマザーの拉致事件は昨夜のうちにマスコミに報じられたが、捜査はいっこうに進展していないようだ。拉致犯たちは巧《たく》みに検問を躱《かわ》して県外に逃げ延びたらしい。そのことから、二人組は犯罪のプロだと思われる。

真崎はダイニングテーブルから離れ、居間に移った。

リビングソファに腰かけ、リモート・コントローラーでテレビの電源を入れる。何度かチャンネルを替えると、前夜の事件を報じている民放局があった。しかし、報道内容は昨夜と変わらなかった。

真崎はテレビの電源を切り、セブンスターをくわえた。愛煙家だった。

紫煙《しえん》をくゆらせていると、奥の客間から妻の美玲がやってきた。

「陽菜ちゃん、やっと寝入ったわ。昨夜《ゆうべ》はママを恋しがって、ほとんど眠ってないのよ」

「そうだったんだろうな。美玲も寝不足だろう。少し寝《やす》めよ」

「わたしは大丈夫！　それより、陽菜ちゃんのママの安否が気がかりだわ」

「きのう、所轄署の石飛利夫《いしとびとしお》という刑事に名刺を貰ったんだ。初動捜査情報を教えてもらうよ」

　真崎は煙草《たばこ》の火を消すと、二階の自分の部屋に引き揚《あ》げた。刑事用携帯電話《ポリスモード》を使って、四十代後半の石飛刑事に連絡を取る。

　スリーコールで、電話は繋《つな》がった。

「警視庁の真崎です」

「きのうはどうも！　陽菜ちゃんは、どうしてます？」

「昨夜《ゆうべ》はまんじりともできなかったようで、少し前にようやく寝入りました」

「そうですか。何かとご迷惑をかけます。例のワンボックスカーが現場から三崎口《みさきぐち》方面に向かったのは沿道の防犯カメラで確認できたんですが、スーパーベイシアの手前あたりで忽然《こつぜん》と消えてしまったんですよ」

「そのあたりで、拉致犯たちは別の車に乗り換《か》えたんでしょう」

「県警の機動捜査隊もそう推測して、付近一帯を調べたんですよ。ですが、黒いワンボックスカーはどこにも乗り捨てられていませんでした」

「そういうことなら、二人組の仲間が予《あらかじ》め用意しておいたキャリアカーの荷台に黒いワンボックスカーを積み込んで、まんまと検問所を擦《す》り抜けたんでしょう」

「そうなんでしょうか。チェックは甘くなかったと思うのですが」

「石飛さん、ワンボックスカーのナンバーから所有者の割り出しは済んでるんでしょ？」

「いいえ、まだです。ナンバープレートは外されてたんですよ。犯人の二人はどちらもスポーツキャップを目深《まぶか》に被《かぶ》っていましたが、体つきから察して二、三十代だと思われます。画像分析では、それしかわかってないんですよ」

石飛が申し訳なさそうに言った。

「そうですか。初動の聞き込みでは、目撃証言は得られなかったという話でしたが……」

「拉致の犯行現場を目撃したのは、陽菜ちゃんだけなんです。実は、いま同僚と被害者の自宅の『下北沢《しもきたざわ》コーポ』に来てるんですよ」

「そのアパートの所在地を教えてもらえますか」

「世田谷区北沢四丁目二十×番地です。戸部宅は一〇五号室です。アパートの入居者の証言によりますと、戸部由起さんはストーカーめいた男に月に何度か尾《つ》けられてたらしいんですよ」

「それは、いつごろからなんです？」

「半年以上も前からだそうです。三十代半《なか》ばの陰気な感じの男らしいんですが、そいつの正体はまだわかっていません」

「そうですか。被害者の勤め先の有料老人ホーム『セジュール成城』には行かれました？」

「別の捜査員二人が向かっています。戸部由起さんが働いていた職場は医療設備の整った高級老人ホームで、富裕層の入所者たちはホテルにいるような快適な暮らしをしてるようですよ。広い個室の利用料だけで月四十万円以上だそうですから、金持ち向けの老人ホームなんでしょう。認知症の方も二十人近くいらっしゃるそうですよ」

「『セジュール成城』は、成城にあるんですね？」

「はい、そうです。成城四丁目二十×番地、野川《のがわ》の際《きわ》にあるようです。理事長は水谷幸一《みずたにこういち》さん、五十七歳だったかな」

「その方が高級老人ホームを経営されてるんですね？」

「ええ、そのはずです」

「わかりました」

真崎は、必要なことをメモした。

「アパートの入居者の話によると、戸部由起さんは心優しくて、娘さんもみんなにかわいがられてるそうですよ」

「そうでしょうね。陽菜ちゃんが通ってる保育所は、『下北沢コーポ』の近くにあるんですか？」

「同じ通りに面しています。『あすなろ保育所』という名称で、アパートから百数十メートルしか離れてません」

「拉致事件の被害者は未婚の母親のようですが、そのあたりのことは……」

「調べました。陽菜ちゃんの父親は長岡宏明《ながおかひろあき》、四十一歳ですね。既婚者です。妻は啓子《けいこ》という名で、三十六歳だったと思います。被害者は不倫相手の子供を産んで、女手ひとつで育ててるんでしょう」

「陽菜ちゃんの父親はサラリーマンなんですか？」

「いいえ、公認会計士です。銀座《ぎんざ》にオフィスを構え、港区《みなと》三田《みた》に自宅があります。夫婦には八歳の長男がいるのですが、名前まではちょっと……」

「結構です。被害者《マルガイ》の両親とは連絡が取れましたか？」

「前夜十時過ぎに、ようやく父親の戸部諒《りょう》さんの居所がわかりました。親類の法事に参列するため、きのう、飛行機で奥さんの綾子《あやこ》さんと長崎《ながさき》に行ったんだそうです。電話で由起さんが何者かに拉致されたと伝えても、父親の反応は冷ややかでしたね」

「妻子持ちの男の子供を産んだ娘をいまも許してないんでしょうな」

「ええ、そのようですね。被害者はひとりっ子なんで、両親には溺愛《できあい》されてたんじゃないですか。子供には子供の生き方があるわけですが、未婚の母になったことがショックだったんだと思います」

「そうなんでしょうね。それで、陽菜ちゃんの母親は両親と絶縁状態になってしまったんですね」

「だと思います。しかし、孫の陽菜ちゃんが誕生しました。表向きはともかく、本当は娘のことを案じてるんではありませんか。もちろん、孫のことも心配してるはずですよ」

「そもそも被害者は、長岡氏とどこで知り合ったんでしょう?」

「由起さんは六年前まで、長岡公認会計事務所の隣にある弁理士事務所で働いてたんですよ。同じエレベーターによく乗り合わせてたので、被害者は長岡さんと自然に言葉を交わすようになったようです」

「そして、いつしか二人は不倫の仲になってしまったのか」

「そうだったんでしょう。由起さんは惚《ほ》れた男の子供を中絶することに強いためらいがあって、未婚の母になったんでしょうね。陽菜ちゃんの将来のことを考えて、父親に認知だけはしてもらったんじゃないですか」

「多分、そうなんでしょう」

「由起さんの父親は娘が不倫相手の子供を勝手に産んだことに対して怒っていましたが、相手から養育費をまったく貰《もら》わないのもお人好《よ》しすぎると言ってました」

「由起さんは好きになった男に極力《きょくりょく》、負担をかけたくなかったんでしょうね。愛した相手がたまたま妻子持ちだったので、結婚は望めない。せめて二人の血を引く子を育てることで、愛を貫き通したかったんだろうな」

「現代の女性は割に打算的ですが、そういう一途《いちず》な方もいたんですね。そうしたピュアさはなんか清々《すがすが》しいな」

「ええ。戸部由起さんが保護されるまで、陽菜ちゃんはわたしが預かってもかまいませんよ」

「しかし、それでは大変でしょう？　由起さんのご両親は午後には帰京される予定らしいから、わたしから孫を一時預かってもらえないかと打診してみますよ。四歳の女の子に自宅アパートで母親を待たせるわけにはいきませんので」

石飛が言った。

「そうですが、陽菜ちゃんは祖父母に一度も会ったことがないようなんですよ。練馬《ねりま》の母親の実家に預けたら、不安がるんじゃないのかな」

「そうかもしれませんが、児童福祉施設で待たせるのも……」

「陽菜ちゃんは妻や息子に懐《なつ》きはじめてますので、何日か我が家で預かっても別に問題はありません」

「そうですか。一日も早く被害者を保護するよう力を尽くします」

「お願いします」

真崎は電話を切った。

椅子から立ち上がったとき、ベッドの横のサイドテーブルの上で私用のスマートフォンが鳴った。真崎はサイドテーブルに歩み寄り、スマートフォンを摑み上げた。

発信者は野中だった。

「毎日、くそ暑いですね。真崎さん、どっか泳ぎに行きませんか？」

「きのう、家族サービスで海水浴に行ってきたばかりなんだ」

「そうなのか。なら、夜になったら、多国籍パブで暑気払《しょき》いをします？　おれ、奢《おご》りますよ」

「ちょっと理由《わけ》があって、そっちと飲み歩けないいんだ」

真崎は前日の出来事を話した。

「ほとんどのシングルマザーが低所得で生活が大変みたいだから、危《ヤバ》いバイトをしてるのもいるかもしれませんね。追分組《うちち》で管理してるデートクラブにも、バツイチの女や未婚の母が所属してる」

「そうか」

「その戸部由起って未婚の母も、売春で副収入を稼《かせ》いでたんじゃないのかな？」

「真面目《まじめ》なようだから、体は売ってないと思うよ。高級老人ホームで介護スタッフとして働いてるらしいんだ。それなりの給料を貰ってるんだろう」

「いや、どこも介護職員の給料は安いみたいですよ。拉致されたシングルマザーも年収三百万も稼いでなかったんじゃないのかな。安月給の中からアパートの家賃や娘の保育料を払わなきゃならないんだから、おそらくかつかつの暮らしなんでしょう」

「余裕のある暮らしじゃないだろうな。贅沢《ぜいたく》はできないだろうが、なんとか凌《しの》げてるんだろう。いよいよ生活が苦しくなったら、夜の仕事で増収を図ろうと考えるかもしれないが、売春はしないんじゃないか」

「でも、母性愛は父性愛よりもはるかに強いからな。自分の子に惨《みじ》めな思いをさせたくないと考えてたら、体を売ることも厭《いと》わないんじゃないんですか。女は勁《つよ》いし、思いっ切りがいいでしょ？」

「そうだが、戸部由起は真っ当に生きてるシングルマザーにちがいないよ。親の猛反対を押し切って未婚の母になった女性は芯《しん》が強いにちがいない」

「拉致された彼女が真面目に生きてるんだったら、売春なんかしてないか。うん、そうでしょうね。だとすると、戸部由起は殺人か轢《ひ》き逃げの犯行現場に居合わせたんで……」

「命を狙われることになったんだろうか」

「考えられないことじゃないでしょ？」

「そうだな。野中、裏のネットワークを使って未婚の母の口を塞《ふさ》ぎたがってる奴がいるかどうか調べてくれないか」

「了解！ 何か手がかりを摑んだら、すぐ真崎さんに教えます」

野中が電話を切った。

真崎はスマートフォンをチノクロスパンツのポケットに突っ込み、自分の部屋を出た。階下に降りると、妻がリビングソファに腰かけてテレビのニュースを観《み》ていた。

「きのうの拉致事件に関する新たなニュースが流れた？」

「ううん、残念ながら。陽菜ちゃんのお母さんの安否を早く知りたいわね」

「所轄署の刑事に探《さぐ》りを入れてみたんだが、依然《いぜん》として被害者の行方はわかってないそうだ」

「そうなの。心配だわ。陽菜ちゃんのお母さんは何かで誰かに逆恨《さかうら》みされてたのかしら？　それとも、他人の致命的な弱みを偶然に知ったんで、さらわれることになったのかな」

「まだなんとも言えない」

「シングルマザーがひとりで子育てをするのは苦労が多いと思うけど、陽菜ちゃんのお母さんは違法なアルバイトをしてたわけじゃないわよね」

　妻が言った。真崎は美玲と向かい合う位置に坐り、石飛刑事から得た情報をかいつまんで伝えた。

「戸部由起さんは親の反対を押し切って、不倫相手の子供を産んだのか。陽菜ちゃんのお父さん一筋だったのね」

「そうだったんだろう」

「しっかりとした生き方をしてる女性は、やすやすと妥協《だきょう》しない傾向があるわ。老人ホームの入所者か職場の同僚とぶつかって、恨《うら》みを買ったとは考えられない？」

「そういうことがあったんだろうか。おれは、被害者を尾《つ》けてたという男が気になってるんだ。三十一歳の未婚の母に言い寄る男がいても不思議じゃないよな」

「ええ、そうね。由起さんは子育てで手一杯なんで、言い寄る男を高飛車に撥《は》ねつけてしまったのかな。それで、相手を怒らせることになっちゃったのかしらね。その男は実行犯の二人組に由起さんを拉致させて、どこかに監禁して力ずくで……」

「自分の女にしようとしてるんじゃないかってことだな?」

「ええ、もしかしたらね」

「そこまでやる男はいないと思うがな」

「わからないわよ。執着心の強い男は時に見境《みさかい》のないことをしでかすでしょ?」

妻が言って、テレビの画面に釘づけになった。真崎は上体を捻《ひね》った。画面には雑木林《ぞうきばやし》が映し出されている。

「速報の文字が入ったとき、戸部由起と流れたの」

「えっ」

「同姓同名かもしれないけど……」

妻が言葉を途切らせた。真崎はソファから立ち上がり、テレビの画面を凝視《ぎょうし》した。立ったままだ。

画面が変わり、三十代前半と思われる男性放送記者の顔が映し出された。

「午前九時十五分ごろ、三鷹《みたか》市下連雀《しもれんじゃく》の雑木林で女性の絞殺体が発見されました。警察の調べで、亡くなったのは世田谷区北沢に住む介護職員の戸部由起さん、三十一歳とわかりました。戸部さんはきのう三浦半島の津久井浜近くで二人組の男に車で連れ去られ、行方がわからなくなっていました」

放送記者が間《ま》を取った。ふたたび雑木林が映し出される。

「戸部さんは紐状《ひもじょう》の物で首を絞められたようですが、現場に凶器は遺《のこ》されていませんでした。金品を奪われていないことから、警察は怨恨《えんこん》による殺人という見方を強めています。そのほか詳しいことはわかっていません」

カメラはスタジオに切り替わり、ほどなく工場火災現場が画面一杯に拡《ひろ》がった。

「ああ、なんてことなの。陽菜ちゃんにどう伝えればいいんだろう」

妻がテレビの電源を切って、天井を振り仰《あお》いだ。

「最悪な結果になってしまったな」

「陽菜ちゃんがかわいそう。あの子、ひとりぼっちになってしまった。犯人を殺してやりたいわ」

「美玲、落ち着くんだ」

「いけない、つい取り乱してしまったわ。でも、陽菜ちゃんの行く末のことを考えると、気の毒でね。祖父母とは一度も会ったことがないという話だったから、母親の実家に引き取られても、すぐには馴染《なじ》めないと思うの。場合によっては、しばらく陽菜ちゃんをわたしたちが預かってあげましょうよ」

「もっと冷静になれよ。被害者は未婚の母になったことで両親と絶縁状態になったみたいだが、陽菜ちゃんは間違いなく母方の祖父母の血を引いてるんだ」

「ええ、そうね。だけど、陽菜ちゃんは望まれない子だったのよ。いくら血が繋《つな》がってるといっても、大切にはされないかもしれないじゃない？」

「それでも、たったひとりの孫なんだ。幼くして母と死別した陽菜ちゃんのことを祖父母は不憫《ふびん》に思って、きっと慈《いつく》しむにちがいないよ」

「そうだといいんだけど……」

「陽菜ちゃんが起きても、ストレートに母親の死を伝えないほうがいいな。オブラートに包んで少しずつ悲しい出来事を告げるようにしてくれないか」

「わかったわ」

「おれは石飛さんに電話して、捜査情報を集めてみる。幸い特捜指令が下《くだ》ってないから、シングルマザー殺害事件を個人的に調べてみるよ。犯人にたどり着けるかどうかわからないけどな」

真崎は二階の自室に駆け上がった。ポリスモードで、石飛刑事に連絡する。

少し待つと、通話可能状態になった。

「真崎です。少し前にテレビの速報で、拉致された戸部由起さんが絞殺されたことを知りました」

「わたしも、まさかこんなことになるとは思ってませんでしたよ。ショックを受けています。神奈川県警の捜査が後手《ごて》に回ってしまったので、残念な結果になったんでしょう。その点は反省しています」

「三鷹署から初動捜査情報を提供してもらったんでしょ？」

「ええ。被害者《マルガイ》は金品も奪われてませんでしたし、性的な暴行も受けていないようです。まだ司法解剖前ですが、検視官はそう見立ててましたので、ほぼ間違いないでしょう」

「警視庁機動捜査隊と三鷹署は、怨恨による殺人と見てるようですね」

「そうなんでしょう」

「個人的に今回の事件《ヤマ》を調べてみようと思ってるんですよ。石飛さん、協力してもらえますか？」

「ええ、もちろん。捜査本部は三鷹署に設置されるはずですが、拉致事件はうちの署の管内で発生しました。われわれは責任を感じてるんですよ。捜査本部を出し抜く気はありませんが、できるだけ真崎警部に協力します」

石飛が言葉に力を込めた。

「よろしくお願いします」

「陽菜ちゃんのことですが、被害者《マルガイ》の実家に引き取っていただくのがベストなんではありませんか」

「わたしが戸部諒さんにお願いしてみますよ。被害者が不幸な最期《さいご》を遂《と》げられたことは、もうご存じでしょうから」

「そうでしょうね」

「こちらが被害者の実家に行って、陽菜ちゃんを親に代わって育ててもらえないかと頼んでみます」

「それでよろしいんですか？」

「一晩だけですが、陽菜ちゃんを預かりましたので、落ち着く先を見届けたいんですよ。差し出がましいことをしますが、そうさせてください。お願いします」

真崎は頭を下げながら、通話を終わらせた。

3

庭から笑い声が響いてくる。

真崎は思わず妻と顔を見合わせた。

午後三時過ぎだった。陽菜は、息子の翔太と水鉄砲の水を掛け合っている。無邪気に笑っていた。

まだ夫婦は、陽菜に母親が死んだことを伝えていない。辛《つら》すぎて、なかなか話せなかった。息子も戸部由起が殺されたことは知らなかった。

「おれから、陽菜ちゃんに母親のことを話そうか」

「ううん、わたしが遠回しに教えるわ。あなたは由起さんの実家に行って。陽菜ちゃんの祖父母は長崎から戻ってるはずでしょ？」

「ああ、多分な。もしかしたら、帰宅前に三鷹署に行ったかもしれないがね。だったとしても、もう司法解剖に回されて故人とは対面できなかったと思うが……」

「三多摩《さんたま》地区で殺人事件が発生した場合、杏林《きょうりん》大学か慈恵《じけい》医大の法医学教室で司法解剖されるんだったわよね？」

「そう。三鷹市内にある杏林大学で司法解剖されるはずだよ」

「でしょうね」

「おれが三鷹署で初動捜査情報を貰うわけにはいかないから、とにかく被害者の実家に行ってみるよ」

「由起さんのご両親が孫の引き取りを拒否したら、やっぱり陽菜ちゃんを我が家で預かりましょうよ。翔太も本当の妹のようにかわいがってるんだから……」

「とにかく、被害者の実家に行ってみるよ」

真崎はリビングソファから立ち上がり、居間を出た。ポーチからカーポートに回り、マイカーのアテンザに乗り込む。八年ほど前に購入した車だが、エンジンの調子は悪くない。

カーポートは、二台駐《と》められるスペースがある。密行捜査中は専用覆面パトカーをマイカーの横に駐めることが多い。

真崎は車のエンジンを始動させ、冷房の設定温度を十九度にした。シフトレバーをＤ《ドライブ》レンジに入れたとき、元刑事のやくざから電話がかかってきた。

「いろいろ調べてみたんだけど、命《タマ》を狙われてるシングルマザーはいなかったね」

「野中は三鷹の事件《ヤマ》を知らないようだな。戸部由起は市内の雑木林で絞殺体で発見されたんだ」

真崎はそう前置きして、詳しいことを話した。

「真崎さん、そのことをなんでもっと早く教えてくれなかったんです？」

「陽菜ちゃんの今後のことを妻と相談してて、つい後回しになっちゃったんだよ。被害者は未婚の母になったことで、実家とは絶縁状態だったんだ」

「そうだとしても、陽菜という子は戸部由起の実の娘なんだから、母方の祖父母が引き取るでしょ？」

「と思うんだが、所轄署の刑事の話では由起が拉致されたことを父親に伝えても、反応が冷ややかだったらしいんだよ」

「娘が不倫相手の子を産んだことを許せないと思ってるんでしょうね。でも、孫は保護者がいなくなったんだから、母方の祖父母は引き取るんじゃないかな」

「そうしてほしいんだが……」

「引き取りを拒否するようだったら、おれがいい養子先を見つけてやりますよ。子宝に恵まれなかった中年夫婦を何組か知ってるんでね」

「祖父母はそこまで薄情ではないだろう。これから、被害者の実家に行くとこなんだ。後で連絡するよ」

真崎は通話を切り上げ、車を発進させた。住宅街を走り抜けて、環七《かんなな》通りに出る。
七、八キロ進んだとき、今度はポリスモードが着信音を発した。峰岸参事官からの電話だろうか。
真崎はアテンザを路肩《ろかた》に寄せた。発信者は石飛刑事だった。

「数十分前に戸部由起さんの司法解剖が終わったそうです」

「司法解剖は杏林大学で……」

「ええ、そうです。死因は絞殺による窒息でした。死亡推定日時は昨夜九時から十時半の間とされました。検視官の見立て通り、性的な暴行は受けてませんでしたよ」

「そうですか。外傷は？」

「腕に圧迫痕があっただけで、外傷はなかったそうです。拉致されて三鷹の雑木林に連れ込まれ、殺害されたんでしょう。金品はまったく持ち去られてないとのことでしたから、犯行動機は怨恨と考えてもよさそうですね」

「そう思われますが、断定するのは早計かもしれませんよ」

真崎は控え目に言った。経験則に引きずられると、捜査ミスを招きやすい。事実の断片を寄せ集めなければ、真相に迫ることはできないだろう。

「真崎警部のおっしゃる通りですね。怨恨に見せかけて真の犯行動機を隠した事例は過去に幾つもありましたから」

「石飛さん、事件通報者のことを教えてもらえます？」

「事件現場近くに住んでる四十九歳の主婦です。飼い犬が雑木林の中にぐんぐん入っていったんで、絞殺体を発見したらしいですよ」

「現場に犯人《ホシ》の遺留品《リュウ》は？」

「足跡《ゲソ》のほかには何も……」

「そうですか。靴のサイズは？」

「二十六センチで、大量生産されてる紐靴《ひもぐつ》だと断定されたそうです。しかし、四万足以上も全国で販売されているので、加害者の購入先を割り出すことは困難でしょう」

「そうでしょうね。凶器はもちろん、犯人は頭髪、衣服の繊維片も遺《のこ》してない。犯歴のある奴の犯行《ヤマ》かもしれません。ところで、目撃証言もなかったんですか？」

「なかったそうです。事件現場付近は民家が疎《まば》らで、夜間はめったに人も通らないらしいんですよ」

　石飛が答えた。

「捜査は難航しそうだな。もう三鷹署に捜査本部《チヨウバ》が立ったんでしょうね」

「設置されたそうです。警視庁の殺人犯捜査第八係の面々が出張《でば》るとのことでしたよ」

「そうですか。長崎から戻ったはずの被害者の両親は三鷹署で娘の亡骸《なきがら》と対面したのかな」

「父親の戸部諒さんが署に駆けつけたらしいのですが、すでに遺体は杏林大学に搬送されてたんで、そちらに回ったようです。しかし、解剖室には入れてもらえなかったので、自宅で遺体を待つことにしたんでしょう」

「故人の母親は夫と一緒に三鷹署に行かなかったんですか？」

　真崎は確かめた。

「ショックが強すぎて、まともに歩けなくなったようですよ。幼い孫のことが気がかりだったのでしょうが。で、被害者の母親は羽田《はねだ》空港からタクシーでまっすぐ練馬の自宅に帰られたという話でしたね。父親のほうは別のタクシーで三鷹署に……」

「そういうことでしたか。未婚の母になった娘の生き方を受け入れられなかった父親もわが子の死に接して、遺《のこ》された孫の面倒を見る気になったんではありませんか」

「多分、そうなんでしょうね。勘当《かんどう》同然だった娘に対する哀惜《あいせき》の念が膨《ふく》らんで、羽田空港から三鷹署にタクシーを飛ばしたんでしょう」

「そうだったんだろうな。母親も同じ気持ちだったにちがいありませんが、悲しみが深すぎて夫と行動を共にすることができなかったんでしょう」

「ええ、そうなんだと思います。被害者は親の忠告を聞き入れずにシングルマザーになったわけですが、親子であることは永久に変わりません。娘の行動に批判的であっても、愛情が消えたはずないでしょう。もちろん、孫にも愛情は……」

「でしょうね。だから、父親は真っ先に三鷹署に駆けつけた。被害者の母親だって、そうしたかったにちがいありません。しかし、あまりのショックで……」

「そうなんでしょう。故人の両親は陽菜ちゃんとは面識がないわけですが、ひとり娘の忘れ形見を見捨てるようなことはしないと思いますよ」

「そうでしょうね」

「真崎さんに厄介《やっかい》な役目を押しつける形になってしまって、申し訳ありません。わたしにできることがありましたら、遠慮なく申しつけてください」

「ええ、石飛さんのお力をお借りすることがあるかもしれません。その節はよろしくお願いします」

「わかりました。今後も事件の捜査情報を集めてみますよ」

石飛刑事が先に電話を切った。

真崎は刑事用携帯電話《ポリスモード》を懐《ふところ》に戻すと、ふたたび車を走らせはじめた。道路はそれほど渋滞していなかった。

戸部由起の実家を探し当てたのは午後四時数分過ぎだった。敷地は百坪前後で、庭木が多い。家屋も大きかった。間取りは５ＬＤＫぐらいか。

真崎は車を戸部宅の生垣《いけがき》の際《きわ》に停め、すぐに運転席から出た。

外気は熱を孕《はら》んでいた。まだ暑い。真崎は門柱に近づき、インターフォンを鳴らした。

なんの応答もない。被害者の母親は在宅しているはずだ。娘の訃報《ふほう》を知り、寝込んでしまったのだろうか。

真崎は、またインターフォンを響かせた。

ややあって、スピーカーから年配の女性のか細い声が洩《も》れてきた。

「どちらさまでしょうか。取り込み中ですので、ご用件を手短におっしゃってください」

「警視庁の真崎航と申します」

「さきほど初動捜査に当たっておられる機動捜査隊の方がお二人見えましたけど……」

「そうですか。失礼ですが、戸部由起さんのお母さんですね？」

「はい、そうです。由起の母親の綾子です。娘の事件のことで、警察の方たちにはお世話になっています」

「このたびは残念です。実は昨夜《ゆうべ》、由起さんのお嬢さんをわたしの自宅でお預かりしたんですよ」

「あなたが孫を預かってくださった方なのですね」

「ええ。インターフォンでの遣《や》り取《と》りでは何ですから、ポーチまでお邪魔させていただけないでしょうか」

「わかりました。門扉《もんぴ》の内錠は掛けていませんので、どうぞお入りください」

「では、失礼します」

真崎は敷地内に足を踏み入れ、石畳のアプローチを進んだ。ポーチの短い階段を上がったとき、玄関のドアが押し開けられた。

対応に現われた戸部綾子は打ち沈んだ様子で、面《おも》やつれが目立った。痛々しい。

真崎はＦＢＩ型の警察手帳を呈示《ていじ》し、前夜の経過を順序立てて喋《しやべ》った。陽菜の様子も話した。

「あなた方にご迷惑をかけてしまって、ごめんなさいね。玄関先で立ち話ではなんですので、どうぞお上がりになってください」

「しかし、お取り込み中でしょうから……」

「ひとり娘だった由起が殺されたなんて、いまでも信じられません。悲しみが深く、立っているのも辛《つら》いんです。ですので、坐って話をうかがわせていただきたいの」

「そういうことでしたら、少しだけお邪魔させてもらいます」

「ええ、そうしてくださいな」

綾子がドアを大きく開け、来訪者を請《しょう》じ入れた。真崎は、玄関ホール脇にある広い応接間に通された。二十畳以上の広さだ。

「粗茶も差し上げられませんが、どうぞお坐りください」

綾子が重厚なソファを手で示した。真崎は一礼し、着席した。坐り心地はよかった。

被害者の母親が大理石《だいりせき》のコーヒーテーブルの向こう側のソファに浅く腰かける。優美な所作《しょさ》だった。育ちがいいのだろう。

「司法解剖はもう終わったと聞いていますが、亡骸は近くのセレモニーホールに搬送されたのでしょうか？」

「いいえ、娘は生前にドナー登録していましたの。河田町《かわだちょう》の東京女子医大で角膜の摘出をしてから、夫が遺体とこちらに帰ってくることになっているのです」

「故人は角膜を提供する気だったんですか」

「わたしたちはそのことをきょう知ったのですが、娘の遺志を尊重してやりませんとね」

「ええ。そういうことなら、通夜《つや》はこちらで営《いとな》まれるんでしょうか？」

「はい。といっても、密葬で済ませるつもりです。亡くなり方が普通ではないので、セレモニーホールで葬儀を行なったら、夫の取引先の方々も、お困りになるでしょうからね。夫は中堅精密機器メーカーの二代目社長をしていますの」

「そうでしたか。由起さんは社長令嬢だったんですね」

「一応、そういうことになりますけど、娘は親の力を借りることを嫌っていました。大学を出ると、自分で弁理士事務所に入ったんです。別の会社に就職していれば、妻子のいる公認会計士と恋愛するようなことにはならなかったのに……」

「陽菜ちゃんの父親は、長岡宏明さんですよね?」

真崎は訊いた。

「ええ、そうです。娘は長岡さんの子を宿してるとわたしに打ち明けてくれたので、相手のことを教えてもらったんですよ。結婚されている方だと聞いて、もちろん反対しました。夫に黙っているわけにはいきませんでしょ?」

「そうですよね。ご主人は不倫相手の子供を産むことには猛反対された?」

「はい。未婚の娘を弄《もてあそ》んだ長岡さんを社会的に葬《ほうむ》ってやると激怒していました。由起は妻子のある男性に強く惹《ひ》かれた自分のほうがいけないのだから、長岡さんを責めないでほしいと泣いて訴えました」

「長岡さんはどういうつもりだったんでしょう?」

「彼も遊びで由起とつき合っていたのではないようでした。奥さんに相応の慰謝料を払って、離婚する気だったらしいの。でも、奥さんの啓子さんが自殺未遂騒ぎを起こしたんですよ。由起はそのことを知って、未婚の母になる決意をしたのです。ただ、生まれてくる子の行く末のことを考えて、長岡さんに孫を認知してもらったわけです。真剣に愛した男性の子供を堕《お》ろしたくなかった気持ちは、わたしにもわかります。ですけど、考え方が保守的な夫には愛娘がふしだらなことをしたと映ったのでしょうね。それで、勘当状態に……」

「そうですか」

「そこまで突き放すのは薄情すぎると何度も説得を試みたのですけど、夫は折れようとしませんでした。頑固ですので、いったん決めたことは変えようとしないんですよ」

「そんなことで、あなた方お二人は由起さんの子供、つまりお孫さんを一度も見てないんですね」

「ええ。わたし自身は陽菜を抱っこしたかったんですけど、夫の手前……」

「会いには行けなかった？」

「ええ。でも、由起たち母子のことが心配で便利屋さんを雇《やと》って、二人の外出時の写真を数カ月置きにこっそり撮ってもらっていたんですよ。ですので、孫の成長ぶりは知っていました」

「その写真をご主人には見せたんですか？」

「ええ。余計なことはするなと叱《しか》られましたが、夫はわたしの目を盗んで孫の写真をこっそりと眺《なが》めていたようです。写真の順番が時々、違ってましたんでね」

「そうですか。陽菜ちゃんの保護者がいなくなったわけですので、できれば血の繋がりのある祖父母の方に引き取っていただいて育ててもらいたいんです。いかがでしょう？」

「陽菜はわたしたち夫婦が責任を持って育てます。夫も反対はしないはずです。すぐに孫を迎えに行きます」

「いまごろ妻が陽菜ちゃんにお母さんが亡くなったことを遠回しに話してると思いますが、密葬が終わるまではお宅に連れてこないほうがいい気がします。変わり果てた母親の姿を目にしたら、ショックと悲しみが長く尾《お》を曳《ひ》くんではないでしょうか」

「そうかもしれませんが、亡骸を見なければ、母親がこの世からいなくなったことを実感できないのではありませんか」

「ええ、そうでしょうね」

「それに、たまたま陽菜を預かってくださることになった真崎さんご一家にいつまでも迷惑をかけるわけにはいきません」

「あと何日かお孫さんを預かることはいっこうに構いませんよ。小五の息子に懐《なつ》いてくれたので、まったく手がかからないんです」

「そうですか。陽菜を引き取る日時については、夫と相談してから決めさせてもらってもよろしいかしら？」

綾子が探《さぐ》るような眼差《まなざ》しを向けてきた。

「それで結構です。便利屋は母子の写真を撮るだけではなく、二人の暮らしぶりなんかも報告してたんでしょう?」

「ええ。介護職員は一日三シフト制だとかで、午前、日中、深夜勤務になってるらしいの。でも、由起は子育てがあるから昼間のシフトだけをやらせてもらってたそうなんです。深夜勤務がないので、手取りの月給は二十三万に満たなかったようですね。倹約しながら、必死で孫を育ててきたんでしょう。それを聞いたとき、涙が出そうになりました」

「何の不自由もなく育った由起さんには何かと苦労が多かったでしょうね。何か自宅で内職をして、月に数万の副収入を得てたんでしょうか。シングルマザーたちの多くは本業のほかに皿洗い、ビル掃除、スナックホステスなんかをやって生活費の不足分を補《おぎな》ってるようなんですが……」

「別にアルバイトはしていなかったようですけど、便利屋さんの報告によると、由起はお休みの日にシングルマザーたちの集会に出てたらしいんですよ。孫が保育所にいる時間帯にね」

「その集会について、もう少し詳しく教えてもらえませんか」

「それ以上の報告は受けてないんですよ。必要なら、便利屋さんの連絡先をメモしてきます」

「後日で結構です。だいぶ前から、長岡さんと由起さんのつき合いはなかったんですよね?」

「陽菜を認知してもらった後《あと》は、一度も二人は会ってなかったはずです」

「そうですか。お取り込み中に押しかけて、申し訳ありませんでした。陽菜ちゃんの引き取りの件に関しまして、後で電話をいただけますか」

真崎は私用のスマートフォンの番号を綾子に教え、ほどなく戸部宅を辞した。

アテンザに乗り込んでから、自宅の固定電話を鳴らす。待つほどもなく妻の美玲が受話器を取った。

「おれだよ。いま陽菜ちゃんの母親の実家を出たところなんだ。故人の母親は自分ら夫婦が孫を育て上げると言ってくれた」

「よかったわ」

「しかし、密葬が済むまでは陽菜ちゃんを家《うち》で預かってもいいと言ったんだ。被害者のおふくろさんは夫と相談して、孫を引き取る時期を決めるそうだよ」

「そうなの。実はね、まだ陽菜ちゃんに例のことを伝えてないのよ。翔太とじゃれ合って、笑い転《ころ》げてるんで、とても切り出せなくて……」

「急ぐことはないさ。多分、もう二、三日、陽菜ちゃんは家で預かることになるだろう。おれは、これから故人が勤めてた高級老人ホームに行ってみる。事件解決の手がかりを得られるかもしれないからな」

真崎は電話を切って、車のエンジンを始動させた。

4

ホテルを想《おも》わせる外観だった。

『セジュール成城』である。六階建てだ。来客用の駐車場も広い。

真崎はアテンザを駐車場の端に駐め、高級老人ホームの表玄関に歩《ほ》を進めた。オートロック・システムになっていた。

インターフォンを響かせる。すぐに女性職員の声で応答があった。

「どちらさまでしょう?」

「警視庁の者です。殺害された戸部由起さんのことで、水谷理事長にお目にかかって伺《うかが》いたいことがあるんですよ。お取り次ぎいただけますでしょうか。真崎と申します」

「少々、お待ちいただけますか」

「わかりました」

真崎は数歩退《さ》がった。

二分ほど待つと、玄関のオートドアが開いた。四十三、四歳の女性スタッフが姿を見せた。笑顔が印象的だ。

「ケアマネージャーの上里聡子《うえさとさとこ》です。理事長はお目にかかるそうです。理事長室までご案内いたします」

「お願いします」

真崎はエントランスロビーに入った。

ホールの奥に豪華なソファセットが据《す》えられ、壁には二十号ほどの油彩画《ゆさいが》が何点か飾られている。オブジェも見えた。無人だった。

ケアマネージャーは左手のエレベーターホールの前を抜け、奥に進んだ。理事長室は端にあった。

上里は理事長室のドアをノックして、ノブに手を掛けた。真崎は目顔《めがお》でケアマネージャーを犒《ねぎら》い、すぐに入室した。

「ご苦労さまです。水谷です」

理事長が両袖机から離れ、歩み寄ってきた。五十七歳にしては、若々しい。髪は豊かで、黒々としている。大柄だった。麻の白っぽいスーツを着込んでいた。

真崎は警察手帳を見せ、姓を名乗った。

「三鷹署に置かれた捜査本部に詰めてらっしゃるんですね？」

「いいえ、そうではないんですよ。たまたま前日、戸部由起さんの娘さんを保護することになったので、個人的に絞殺事件のことを調べてみる気になったわけです」

「保護とおっしゃると……」

水谷が問いかけてきた。真崎は経緯《いきさつ》を明かした。

「そういうことでしたか。介護スタッフの戸部が津久井浜で二人組に連れ去られたという報道はありましたが、娘の陽菜ちゃんのことは何も……」

「そうでしたね」

「戸部由起が三鷹の雑木林で絞殺体で発見されたということをニュースで知って、腰を抜かしそうになりました。いまも信じられません。ま、お掛けください」

水谷理事長がソファセットに目をやった。

真崎は目礼し、総革《かわ》張りのベージュのソファに腰を落とした。水谷が正面に坐る。

「コーヒーがよろしいですか？　それとも、日本茶のほうがいいのかな」

「どうかお構いなく。早速《さっそく》ですが、被害者が職場で同僚と何かで揉《も》めてたなんてことは？」

「いいえ、ありません。戸部は、もう亡くなってしまったので、さんづけにしましょう。戸部さんは気立てがよく、誰に対しても優しかったんですよ。だから、入所されている方や仕事仲間とトラブルを起こしたことはただの一度もありませんでした。仕事熱心でしたので、頼りになるスタッフでしたね」

「そうですか」

「幼い子を遺《のこ》して、心残りだったと思います。戸部さんの冥福《めいふく》を祈りたいな。何があったか知らないが、犯人は惨《むご》いことをするもんだ」

「由起さんが未婚の母であったことは、当然、ご存じですよね？」

「ええ、知っていました。妻子持ちの男性と切ない恋愛をした末、親の反対を押し切って陽菜ちゃんを産んだと聞いています」

「陽菜ちゃんの父親の長岡宏明さんのことはどの程度ご存じなんでしょう？」

「公認会計士で、銀座に事務所を構えてるようですね。自宅は三田にあって、八つか九つの坊やがいるんじゃなかったかな」

「そうらしいですね」

「長岡さんは離婚して、戸部さんと再婚する気があったようですが、奥さんが自殺未遂騒ぎを起こしたので……」

「結局、家庭を棄《す》てられなかったみたいですね」

「ええ、そう聞きました。戸部さんは心底《しんそこ》、長岡さんに惚れてたんでしょう。そうでなかったら、シングルマザーになるわけがない。女手ひとつで子供を育てるのは、精神的にも金銭的にも、苦労が多いですからね」

「被害者に一方的に言い寄っていた男がいて、そいつはストーカー行為を重ねてたらしいですよ。その男のことは耳にしていませんでした？」

真崎は質問した。

「それは、かつての同僚の折原茂樹《おりはらしげき》です。確か三十五歳だったな。折原は八年前に『セジュール成城』で介護スタッフとして働きはじめたので、ベテランはベテランだったんですよ。ただ、人の好き嫌いが激しくて、チーフの器《うつわ》ではありませんでした。なかなかチーフに昇格できないんで不貞腐《ふてくさ》れたのか、仕事の手を抜くようになりました」

「そうなんですか」

「そればかりではありませんでした。自分のミスを後輩職員になすりつけたりしてましたね。しかし、戸部さんにはえこひいきして、仕事中に口説《くど》いたりしてたんです。そのことを戸部さんはケアマネージャーやわたしに告げ口をすることはありませんでしたが、折原がチームワークを乱してるので、十カ月あまり前に解雇したんですよ」

「折原という男は戸部さんが告げ口したんで解雇されたと曲解《きょっかい》して、逆恨《さかうら》みしてたんでしょうか？」

「逆恨みしてたのかもしれないが、退職後も戸部さんにつきまとってたようだから、なんとしてでも彼女を口説き落としたいと思ってたんじゃないだろうか。しかし、肘鉄砲《ひじでっぽう》を喰わされたのかもしれませんね」

「そうだったとしたら、愛《いと》しさが憎しみに変わったとも考えられなくはないな」

「そうですね。もしかすると、折原が知り合いの男たちに戸部さんを拉致させて、三鷹の雑木林で……。いかん！　根拠があるわけではないのに、そこまで言ってしまうのは問題だな。刑事さん、聞き流してくださいね」

「わかりました。折原という彼は解雇されてから、転職したんですか？」

「風の便りでタクシー運転手になったと聞きましたが、半年足らずで辞《や》めたようです。その後のことはわかりません。でも、まだ参宮橋《さんぐうばし》のワンルームマンションに住んでるんじゃないかな」

「マンション名と所在地はわかります？」

「ええ、職員名簿がありますので。ちょっとお待ちください」

水谷理事長はソファから立ち上がり、壁際のキャビネットに近づいた。棚《たな》から職員名簿と写真アルバムを抜き取り、ソファに戻る。

「ワンルームマンションの名は『エルコート参宮橋』で、折原が借りてる部屋は三〇三号室ですね。住所は渋谷《しぶや》区代々木《よよぎ》四丁目十×番地です」

「助かります」

真崎は手帳に折原の自宅の住所を書き留《と》めた。

「彼が辞める前に職員の慰安《いあん》旅行で伊豆《いず》の修善寺《しゅぜんじ》に行ったんですよ。そのとき、みんなで写ってる写真があったな。えーと、どれだったか」

「恐れ入ります」

「ありました、ありました」

　水谷が写真アルバムを卓上で開き、被写体のひとりを指さした。折原は彫《ほ》りが深い顔立ちで、眉《まゆ》が太かった。

「マスクが整ってますね」

「ええ、まあ。すぐ左横にいるのが戸部さんです。折原が肩に手を掛けてるんで、彼女、迷惑そうな顔をしてるな。聡明《そうめい》な感じの美人でしょ？」

「そうですね。陽菜ちゃんは目許《めもと》がお母さんとよく似てるな」

「折原を強く怪しんでるわけではないのですが、ちょっと探《さぐ》りを入れてみてはどうでしょう？」

「そうしてみます。ご協力、ありがとうございました」

　真崎は謝意を表して、暇《いとま》を告げた。

　理事長室を出て、エントランスロビーに向かう。エレベーターホールの前に、上里ケアマネージャーが立っていた。

「どうもお世話になりました」

　真崎は足を止めた。

「水谷理事長から何か手がかりを得られましたか？」

「手がかりになるのかどうかわかりませんが、元介護職員の折原茂樹という男が戸部由起さんに一方的に言い寄って、退職してからもストーカーみたいに被害者につきまとってたという話をうかがいました」

「そうですか。そのことは事実です。戸部さんは迷惑してたと思いますよ」

「でしょうね。戸部さんがしつこく言い寄る元同僚をきつい言葉で詰《なじ》ったとは考えられませんか？」

「彼女は穏《おだ》やかな性格だから、折原さんを口汚く罵《ののし》ったりはしなかったでしょうね。それでも不快な気持ちにさせられたでしょうから、はっきりと抗議はしたでしょう」

「その言葉にプライドを傷つけられたんで、折原茂樹は戸部由起さんに殺意を懐《いだ》いたんだろうか」

「彼は短気でカーッとなりやすいので、戸部さんにフラれたら、捨て台詞《ぜりふ》ぐらいは吐くと思いますね。だけど、想いを寄せてた女性を殺したりしないんじゃないかしら？　もし折原茂樹の仕業《しわざ》だとしたら、絞殺する前に恋い焦《こが》れてた相手を……」

　上里聡子が頬《ほお》を赤らめ、伏し目になった。

「被害者を犯してから殺害したのではないかと思われてるんですね？」

「三十代の男性なら、そうしたくなるんじゃありませんか」

「人によると思いますが、そういう性衝動《リビドー》に駆られる者もいるでしょうね」

「彼は、戸部由起さんにぞっこんだったんですよ。真顔で彼女と結婚できるなら、連れ子がいても問題ないと同僚たちに言ってたんです。そこまで好きな相手なら……」

「抱いてみたいと思うかもしれませんね。ところが、被害者は身を穢《けが》されてはなかった」

「そうみたいですね。そう考えると、折原さんは事件に関与してない気がしますけど、そう断定はできないでしょう」

「そうですね。被害者は子育てで手一杯で、恋愛する余裕はなかったんでしょう。彼氏がいそうな気配は？」

「そういう様子はうかがえませんでした。だから、痴情《ちじょう》の縺《もつ》れで命を奪われたんではないと思います」

「二十三万円弱の給料で母子家庭を支えるのは楽じゃなかったと思いますが、戸部由起さんは何か内職をしてたんだろうか」

「自宅でできる内職があったらいいなと言っていましたが、お給料だけで倹《つま》しく暮らしてたはずですよ」

「そうですか。戸部さんは仕事が休みのとき、シングルマザーの集《つど》いに顔を出してたそうですね？」

「ええ。彼女、『野バラの園』というシングルマザーの親睦団体に入ってて、陽菜ちゃんが保育所にいる間に同じ立場の女性たちと励《はげ》まし合ってました。離婚してシングルマザーになったメンバーが七割ぐらいで、残りは未婚の母だそうです」

「そうですか」

「年収三百万そこそこで子育てをしてる未婚の母は増収を図りたくて、悪いアルバイトに引っかかったりしてるらしいんですよ。振り込め詐欺の片棒を担《かつ》がされたり、麻薬の運び屋にされたりね。ぼったくりバーで働かされたり、売春を強《し》いられたりしてるそうです」

「シングルマザーやワーキングプアをうまく利用して、ひと儲《もう》けを企《たくら》んでる金の亡者《もうじゃ》たちは少なくないからな」

「『野バラの園』のメンバーはそうした情報を教え合って、不幸にならないよう気をつけてるんですって」

「そうでしょうね」

「でも、戸部さんと仲のいいメンバーが宝飾品の〝押し買い〟業者の手伝いをして、詐欺《さぎ》容疑で検挙されたらしいんです」

「そうなんですか」

「金相場の高騰《こうとう》で四、五年前から詐欺に近い宝飾品買い取りが横行して、国民生活センターに寄せられる相談件数が激増したんですよ」

「そうみたいですね」

「買い取り業者は訪問先でまず相手に〝行商従業者証〟を見せて信用させて、金やプラチナなどの宝飾品をすべて出させ、24金や18金のインチキな相場を教えて安く買い叩いて、ついでにダイヤ、ルビー、サファイアの石を査定してやると騙《だま》して持ち帰ってしまうんです。盗賊まがいの犯罪ですよね」

「医療機器に使うプラチナと金が不足してるので、人助けだと思って譲ってくれともっともらしく迫るそうです。金は地金《じがね》にして、騙し取った貴金属ごとインド人や中国人の闇ブローカーに流してるようですよ」

「そうみたいですね」

「話が横に逸《そ》れかけましたけど、戸部さんと親しくしていた未婚の母は書類送検されただけなんですけど、犯罪者の烙印《らくいん》を捺《お》されてしまったと悲観して、二歳の息子をおぶったまま自宅近くの高層マンションの非常階段の踊り場から身を投げて……」

「子供と無理心中を遂《と》げてしまったんですか。痛ましい話ですね」

真崎は遣《や》り切《き》れなかった。

「戸部さんは日給三万円で釣る形で未婚の母仲間を悪事に引きずり込んだ〝押し買い〟業者の主犯を突きとめようと考え、休日に調べてたみたいですよ。でも、会社は渋谷のレンタルオフィスにあったらしいんですけど、摘発前日に契約は解除されてたという話でした。会社登記すらされていなかったみたいですね」

「やくざにも半グレにもなれなかった元不良どもが、その種の詐欺を働いてることが多いんですよ」

「そうなんですか。戸部さんは母子心中を遂げた二人の仇《かたき》を討ってやりたいと言ってたから、その後、悪い連中のボスを調べ上げたんじゃないのかしら？　そうだとしたら、〝押し買い〟業者の主犯が手下の誰かに戸部さんを始末させたとも考えられるんじゃありません？」

ケアマネージャーが言った。

「戸部由起さんが詐欺集団のボスを突きとめられるとは思えませんね」

「そうでしょうか」

「ええ。ただし、知り合いにフリージャーナリストか元刑事がいたら、そういうことも不可能じゃないでしょうね」

「知人に協力してもらったんでしょうか。『野バラの園』の事務局は赤坂《あかさか》あたりにあるみたいですよ。古着のネット販売で成功したシングルマザーが自分の会社内に『野バラの園』の事務局を設けてると言ってましたね」

「その会社の名前は憶《おぼ》えてます？」

「ごめんなさい、そこまでは……」

「そうですか。多分、『野バラの園』はホームページを開設してるでしょう」

「あっ、そうね」

「検索してみます。ご協力、ありがとうございました」

　真崎は礼を述べ、『セジュール成城』を出た。自分の車に乗り込み、ノートパソコンを開く。『野バラの園』を検索すると、すぐにホームページがディスプレイに映し出された。

　事務局は、港区赤坂七丁目にある古着ネット販売会社『もったいないカンパニー』の社内に設置されている。事務局長は樺《かんば》あゆみだった。『もったいないカンパニー』の女社長だろう。

　真崎は先に折原茂樹の自宅を訪ね、それから『野バラの園』に回ることにした。車のエンジンをかけようとしたとき、戸部諒から電話がかかってきた。

「家内から、あなたのことをうかがいました。ついさきほど娘の遺体と一緒に帰宅したところです」

「お悔《く》やみ申し上げます。当分、お辛いでしょうね」

「はい。由起の生き方にはうなずけませんでしたが、最愛の娘でした。冷たくあしらっていましたが、孫を授《さず》かったと知ったとき、実は怒りはほとんど鎮《しず》まってたんですよ。ですが、素直になれませんでね」

「ええ、わかります」

「孫の陽菜をこれから引き取りに伺います。ご自宅はどちらでしょう？」

「目黒区中根二丁目にあるんですが、密葬が済むまでは何かとお忙しいでしょう。あと何日か、お孫さんを預かります。実は、まだ陽菜ちゃんにはお母さんが亡くなったことを伝えてないんですよ」

「これから、真崎さんのお宅に向かいます。生まれて初めて会う祖父に陽菜は戸惑《とまど》うでしょうが、少しずつ距離を縮めてくれる気がします。ショックで泣き喚《わめ》くと思いますが、わたしの口から母親が急死したことを伝えますよ。それが身内の務《つと》めです。あなたにはお目にかかったとき、改めてお礼申し上げます」

「実は、わたしは外に出てるんですよ。すぐには帰宅できませんが、妻に戸部さんが見えられることを伝えておきます」

「そうしていただけますでしょうか。後日、家内とともにお礼に伺わせてもらいます」

「そこまでお気遣《きづか》いなさらないでください。陽菜ちゃんを一晩泊めたのは、こちらの気まぐれだったのですから」

「いや、いや。ご親切にありがとうございました。恩に着ます。これをご縁にどうかおつき合いくださいますように」

「陽菜ちゃんが息子と遊びたくなったら、いつでもいらしてください」

真崎はいったん電話を切り、すぐに自宅に連絡した。

第二章　疑わしい者たち

1

応答はなかった。

留守なのか。『エルコート参宮橋』の三〇三号室はひっそりと静まり返っている。

真崎は念のため、ふたたびインターフォンを鳴らした。スピーカーは沈黙したままだった。折原茂樹はどこかに勤めはじめたのだろうか。そうではなく、遊びに出かけたのか。

真崎は出直すことにした。

踵《きびす》を返しかけたとき、三〇二号室から二十一、二歳の厚化粧の女性が姿を見せた。ブロンドに染め上げられた髪は高く盛り上げられている。ミニスカートから、なまめかしい太《ふと》腿《もも》が覗《のぞ》いていた。ホステス風だ。口紅は真紅だった。

「折原さんは留守みたいだね？」

真崎はくだけた口調で、けばけばしい印象を与える娘に話しかけた。

「お隣さんは一昨日《おととい》、北海道《ほっかいどう》に出かけたわよ。東京は暑くて夏バテしそうだからって、涼《すず》みに行くなんて言ってた。余裕あるよね」

「タクシーの運転手を辞めてから、彼、ずっと働いてないのかな？」

「おたく、誰なの？」

相手が訝《いぶか》しんだ。

「ちょっとした知り合いだよ。折原さんが成城の高級老人ホームで介護スタッフをやってるころ、おれはほぼ毎日、その施設に食材を保冷車で届けてたんだ」

「そうなの。タクシー会社の前はリッチな入所者ばかりの老人ホームで働いてたと聞いてたけど、同僚のシングルマザーにちょっと親切に接してたら、理事長に変に誤解されて解雇されたんだとブツブツ言ってたわ」

「よくわからないが、彼はそのシングルマザーをしつこく口説《くど》いてたみたいなんだ」

「へえ、そうなの。お隣さん、ちょっと粘《ねば》っこいタイプだからね。気に入った女には迫りまくってるみたいよ。あたし、歌舞伎町《かぶきちょう》のキャバクラで働いてるの。折原さんに店を教えたら、一週間ぐらい夜な夜な現われて、あたしを指名してくれたわ。それでね、ドンペリのピンクを二、三度オーダーしてくれたのよ」

「そのころはタクシー会社に勤めてたんだね？」

「ううん、もうタクシー会社は辞《や》めて仕事はしてなかったわ」

「それなのに、よくキャバクラに通えたな」

真崎は首を傾《かし》げた。

「老人ホームに入所してる高齢の資産家に気に入られて、ちょくちょく小遣《こづか》いを貰ってたんだと言ってたわ。お隣さん、いまも定職には就《つ》いてないみたいよ。でも、お金には不自由してない感じじゃね。資産家老人の養子になったとしたら、もっと広いマンションに移ると思うけど……」

「そうだろうな」

「折原さんがどうやって収入を得てるか知らないけど、だいぶ余裕ありげよ。だから、ホテルにつき合ってもいいと思ったんだけど、自宅が隣同士じゃね」

「そんなことで、うまく誘いを躱《かわ》してたわけか」

「うん、そう。折原さんはあたしを抱きたがってた様子だったけど、上手に拒《こば》みつづけてたら、お店に来なくなっちゃったわ。けど、廊下で顔を合わせても、別に厭《いや》な顔なんかしないの。あたしとちょっと遊びたかっただけなんでしょうね。シングルマザーには本気でハートを持ってかれたんで、執拗《しつよう》に迫ってたんじゃないのかな」

「実は、彼が言い寄ってたシングルマザーがきのう殺されたんだよ」

「えっ、そうなの⁉　あたし、新聞を購読してないし、テレビやネットのニュースもあんまし見ないの」

「そうなのか」

「お隣さん、お気に入りのシングルマザーにフラれたんで、相手を殺《や》っちゃったのかな。ううん、そうじゃないわね。一昨日《おととい》の午前中に顔を合わせたとき、これから飛行機で北海道に行くと言ってたから」

「実際に行ったのかどうか。シングルマザーが絞殺されたのは昨夜九時から十時半の間らしいんだ。折原さんがこっそり帰京して犯行に及んだと疑えなくもないな」

「そうだけど、お隣さんはそんなに純情じゃないわよ。割に女擦《ず》れしてるから、シングルマザーに嫌われたからって、相手を殺したりしないと思うな。折原さん、どこかでナンパした女といまも北海道旅行をしてるんじゃない？」

「そうなんだろうか。おれは彼がシングルマザー殺しに関与してるかもしれないんで、それとなく様子をうかがってみようと思ったんだ。犯人なら、自首を勧《すす》めるつもりだよ」

「そう。あたし、新宿東宝《しんじゅくとうほう》ビルの裏手にあるSKビルの五階の『ヴィーナス』というキャバクラで働いてるの。沙霧《さぎり》って源氏名《げんじな》で出てるのよ。気が向いたら、来てほしいな。きょうはベンチャー企業の若い社長と同伴出勤しなけりゃならないんだけど、そいつ、好きになれないの。キャバ嬢を売春婦と同じように見てるんだから、失礼しちゃうわよ」

「でも、金はたっぷり遣《つか》ってくれてるんだろう？」

「うん、そうね。でもさ、人生はお金だけじゃないじゃん？　おたくみたいに大人の魅力をたたえた男性と本気で恋愛したくなるときもあるのよ」

「さすがに男のあしらいが上手だな」

「マジで一目惚《ひとめぼ》れしそうなの。一度、あたしに会いにきて。ね？」

キャバ嬢は艶然《えんぜん》と笑い、体をくねらせて真崎の横を抜けていった。香水がきつく、むせそうになった。

ウエストのくびれが深い。抱き心地《ごこち》はよさそうだった。キャバ嬢の後ろ姿を眺《なが》めていると、妻の顔が脳裏《のうり》を掠《かす》めた。たちまち浮気心が萎《しぼ》む。真崎は微苦笑した。

ワンルームマンションの近くで、しばらく折原を待ってみるべきか。しかし、一、二時間で帰宅するとは限らない。時間は有効に使うべきだろう。

真崎は階段の降り口に向かった。『エルコート参宮橋』は三階建てだった。西陽《にしび》を手で遮《さえぎ》りながら、一階まで一気に下《くだ》る。

マンションの敷地を出ると、アテンザを覗《のぞ》き込んでいる男が目に留《と》まった。二十代後半の細身の男だった。折原に頼まれて、三〇三号室を訪れる者をチェックしているのかもしれない。

真崎はそう思いながら、マイカーに向かって歩きだした。

車内を見ている男は狼狽《ろうばい》することはなかった。怪しい人物ではないのか。

「おれの車の後部座席に生首でも転がってるのかな」

真崎は冗談を口にした。

「あなたの車でしたか。ぼく、中古の赤いアテンザを買いたいと思ってるんですよ。デザインが好みなんです。車は安く買えるんですが、賃貸マンションの駐車場の賃料は月二万七千円なんです。それが重いんで、車を購入する踏んぎりがつかなくて……」

「自宅にカースペースがないと、月々の維持費がばかにならないよな」

「ええ。でも、やっぱりアテンザが欲しいな。食費を少し切り詰めれば、なんとかなるかもしれない。よし、買うことに決めました」

男が軽く頭を下げ、ゆっくりと遠ざかっていった。

真崎は自嘲した。刑事歴が長くなったせいか、やたら警戒心が強くなってしまった。他人《ひと》を疑うことが習《なら》い性《しょう》になってしまったことは哀しい。しかし、気を緩《ゆる》めていると、危険な目に遭《あ》うこともある。

真崎はマイカーに乗り込み、赤坂に向かった。幹線道路は幾分、混みはじめていた。

『もったいないカンパニー』に着いたのは六時半過ぎだった。残照は弱々しくなっていたが、まだ暗くはなかった。

真崎は十一階建てのオフィスビルの斜め前のガードレールに車を寄せ、運転席から出た。

古着ネット販売会社は、六階のワンフロアを使用しているようだった。プレートの社名の下に、『野バラの園』事務局と小さく記《しる》されている。

真崎はオフィスビルに入り、エレベーターで六階に上がった。エレベーターホールの脇に受付カウンターがあった。

真崎は若い受付嬢に警視庁の刑事であることを告げ、樺あゆみ社長との面会を申し入れた。来意も話した。受付嬢が笑顔で応じ、クリーム色の社内電話機の受話器を摑み上げる。

遣《や》り取《と》りは短かった。受付嬢の案内で、真崎は事務フロアの奥にある社長室に入った。

女社長は四十七、八歳で、小太りだった。応接ソファに腰かけ、ノートパソコンのディスプレイに目を向けていた。

「警視庁の真崎です。アポなしで押しかけて、ご迷惑だったと思います」

「ううん、気になさらないで。面会の申し入れの際に、戸部由起さんの娘さんを預かることになったと……」

「そうなんですよ」

真崎は、シングルマザー殺害事件を個人的に調べる気になった理由を話した。

「そういうことで、戸部さんの娘さんをご自宅に泊めたのね」

「ええ。まさか陽菜ちゃんの母親が二人組に拉致されて、三鷹の雑木林で絞殺されるとは想像もしてませんでしたので……」

「驚かれたでしょうね。わたしもテレビのニュースで知って、びっくりしました。どうぞお坐《すわ》りになって」

樺あゆみがノートパソコンを閉じた。真崎は女社長の正面のソファに腰かけた。

「あなたは非公式に単独捜査をなさるおつもりなのね？」

「そうなんですよ。服務規定に反することですので、どうか内分に願います」

「わかりました。当然、三鷹署に捜査本部が設《もう》けられたんでしょうけど、由起さんを一日も早く成仏《じょうぶつ》させてあげたいんで、全面的に協力します」

「よろしくお願いします。早速《さっそく》ですが、被害者は『野バラの園』の集まりにはちょくちょく参加されてたみたいですね」

「ええ。わたしもシングルマザーなんですよ。夫と別れてから、二人の息子を実家の母に面倒見てもらって、死にもの狂いで働きました」

「失礼ですが、離婚されたのはおいくつのときだったんです？」

「二十九のときでした。長男は五歳で、次男が三歳だったわね。実家に出戻って、生保レディーになったの。お客さんの中には、ホテルに一緒に行ってくれれば、高額の生命保険に加入すると体を触《さわ》ろうとした奴もいたわ」

「上司や同僚男性のセクハラもあったんじゃありませんか？」

「ええ、ありました。モラル・ハラスメントにも泣かされたわね。待遇面でも男女差があって、ずいぶん悔しい思いをさせられましたよ。それでも、子供たちを養っていかなければならない。性格の不一致で離婚した元夫とはもう一緒に暮らしたくなかったから、子供たちの養育費もいらないと言っちゃったのよ」

「そうなんですか」

「質素な生活がつづいたんで、少しぐらい養育費を貰うべきだと思ったこともあるけど、転職を重ねながら、歯を喰いしばって頑張ってきたの」

「立派だと思います」

「いまの事業は思いつきで起こしたんだけど、順調に年商を伸ばしてきて、社員六十数人を抱《かか》えるようになったの。ラッキーだったと思います。わたしは運良く経営者になれましたけど、多くのシングルマザーは楽な暮らしはしていません。健康を害して不本意ながらも、生活保護を受けてるママたちもいます」

「そうみたいですね」

「女手ひとつで子供を育て上げるのは、並大抵じゃありません。みんな、苦労に苦労を重ねてるんですよ。わたしはそんな仲間たちを少しでも励《はげ》ましたくて、『野バラの園』を主宰する気になったの。オフィスの一部をシングルマザーたちの社交の場にしてるだけですけど、孤独感を拭《ぬぐ》えたと元気を取り戻した会員も増えたんで、意義はあったんだと自己満足してるんですよ」

「会費は集めてるんですか？」

「いいえ、三百数十人の全員からは一銭もいただいてません。わたしのポケットマネーで茶菓を用意したり、ウェブ会報を発行してるんです。同じ境遇のママたちが少しでも前向きになってくれれば、わたしはそれでいいの」

女社長が照れながら、そう言った。気負いのなさが好ましかった。

「偉いですね。なかなかできることではありません」

「そんなことはないと思うけど……」

「樺さんは、戸部由起さんがかつて同僚だった折原茂樹という男にしつこく言い寄られていたことはご存じですか？」

真崎は問いかけた。

「そのことは由起さんから直《じか》に聞きました。つけ入る隙《すき》を与えないようにしたほうがいいとアドバイスしたんだけど、折原という男はしつこく迫りつづけてきたようね。それで、由起さんは相手を遠ざけたくて、自分には好きな男性がいると嘘《うそ》をついたらしいんですよ」

「で、折原は諦《あきら》めかけたのかな？」

「いいえ。その男性よりも自分は由起さん母子を幸福にできる自信があるとか言って、陽菜ちゃんに人形やクッキーを与え、手懐《てなず》けようとしたんですって」

「戸部由起さんは、そうしたプレゼントを受け取らなかったんでしょ？」

「ええ、そう言ってたわ。それでも、折原は由起さんに言い寄りつづけたんだって。『セジュール成城』の理事長が由起さんが困ってることを知って、折原茂樹を解雇したそうですよ。その後も、執着心の強い折原は由起さんを尾行したり、自宅アパートの周辺をうろついてたみたいなの。由起さんは耐えられなくなって、ストーカーじみた行為をやめないと、受けてる被害について警察か彼の身内に話すと言い放ったそうよ。本気でそうする気はなかったらしいんだけどね」

「そんなことがあったんですか」

「折原という男はそのことで腹を立てて、由起さんに仕返しする気になったのかな。でも、殺人まではやらないと思うけど……」

「常識的に考えると、そうでしょうね。しかし、短気で執念深い性質《たち》みたいですから、そうした凶行に走らないとは言えないかもしれません」

「そうね」

「ほかに戸部由起さんが椊さんに悩みを打ち明けたことはあります？」

「陽菜ちゃんの父親が長岡宏明という公認会計士であることは、ご存じよね？」

「ええ」

「長岡さんの奥さんが不意に一年半ぐらい前に『セジュール成城』を訪れて、陽菜ちゃんを自分たち夫婦に育てさせてくれと言ったそうなのよ。養育権を放棄《ほうき》してくれたら、五百万円を渡すと口にしたらしいんですよ」

「長岡夫人は、どういうつもりなんだろうか。夫が、外にこしらえた子を自分で育て上げたいと言いだしたんですかね」

「ううん、そうじゃなかったんですよ。長岡さんの奥さんは夫には内緒で由起さんの職場を訪ねたと言ったそうよ。これはわたしの臆測なんですけど、長岡さんの奥さんは陽菜ちゃんを自分の手で育てることで、不倫に走った夫を苦しめたいと考えたんだと思います。要するに、妻を裏切った夫に対する陰険な復讐よね」

「女は恐《こわ》いな」

「妻の誇りを踏みにじられたら、そこまでやる女性《ひと》もいるんじゃない？　もしかしたら、夫婦の間にできた男の子に異母妹《いぼまい》をいじめさせようと企《たくら》んでたのかもね」

「そうだったとしたら、長岡宏明さんは妻と息子の二人に背信の仕返しをされることになるな」

「女はいざとなったら、平気で恐ろしいことを考えるものです。刑事さんは女性に好かれそうな感じだけど、軽はずみに浮気なんかしちゃ駄目よ。奥さんにとんでもないしっぺ返しをされちゃうから」

女社長がからかった。

「肝《きも》に銘じます。それはそうと、戸部由起さんは長岡夫人の申し出を断ったんですよね？」

「当然だわ。陽菜ちゃんは長岡さんと由起さんを繋《つな》ぐ大切な存在ですもの、何があっても手放しっこないですよ」

「でしょうね。となると、長岡夫人の復讐はまだ終わっていないわけだな」

「そうだけど、長岡夫人が第三者に目障《めざわ》りな由起さんを亡き者にさせようとするなんてことは……」

「そんなことまでは考えないかもしれませんね。ところで、戸部由起さんは宝飾品の〝押し買い〟業者にうまく利用されて幼子と無理心中したシングルマザーに同情して、義憤《ぎふん》に駆られてたとか？」

「そうなのよ」

「そのことで、ご存じのことを教えていただけますか？」

「坊やを道連れにして母子心中をした三好百合《みよしゆり》さんは良家の子女だったから、他人を疑うことを知らない女性だったの。売れないお笑い芸人の夢の後押しをしてたんだけど、その同棲相手は妊娠四カ月の百合さんを置き去りにして蒸発しちゃったのよ」

「それで、未婚のままで出産したんですね？」

「ええ、そうなの。百合さんは大学を中退してお笑い芸人に尽くしたんだけど、相手の男はろくでなしだったのよ。そんな奴にのめり込んだ百合さんは身内に呆《あき》れられて、頼ることもできなくなったの。子供を友人たちに代わる代わるに預かってもらって、アルバイトを二つ掛け持ちでやってたんですよ。でも、時給千円弱だったから、生活は苦しかった。それで、日給三万円という餌《えさ》に引っかかってしまったんです」

「戸部由起さんは、半年前に宝飾品の〝押し買い〟で詐欺容疑で検挙された連中は単なる駒にすぎないと考え、黒幕を突きとめようとしたんじゃないんですか。そこまでやらないと、母子心中を遂《と》げたシングルマザー仲間は浮かばれないと考えて……」

「由起さんが休日に〝押し買い〟業者の親玉を見つけるために協力者探しをしてたことは確かよ。でも、協力者が見つかったのかどうかまでは知らないの。それから、悪質な犯罪グループのボスを割り出せたかどうかもわからないんですよ」

「そうですか。戸部さんは探偵じみたことをしたので、命を落とすことになったんだろうか」

「折原茂樹という元同僚と長岡夫人も疑えなくはないけど、〝押し買い〟業者の黒幕のほうが怪しいんじゃない？」

「それぞれ怪しい点があるんで、順番に調べてみます。貴重な時間を割《さ》いていただいて、ありがとうございました」

真崎はソファから立ち上がり、社長室を出た。エレベーターで、すぐに階下に降りる。

オフィスビルを出た直後、妻から電話があった。

「少し前に戸部諒さんが見えたの。でも、陽菜ちゃんは怖がって、どうしてもお祖父さんの車に乗ろうとしなかったのよ」

「無理ないよ。母方の祖父母には一度も会ったことがないんだから」

「そうよね。泣いて逃げ回る陽菜ちゃんを見て、お祖父さんも強引に孫を連れ帰るのはかわいそうだと思ったんでしょう。もう何日か泊まらせてくれと頭を下げて、肩を落として帰られたわ」

「陽菜ちゃんが祖父母の家に行く気になるまで預かってやろう。ショートケーキでも買って、これから帰るよ」

真崎は通話を切り上げ、大股で車に歩み寄った。

2

徒労に終わるのか。

張り込んで三時間が経過した。真崎はマイカーの運転席から、『エルコート参宮橋』のアプローチに視線を注いでいた。

午前十時過ぎだった。真崎は、張り込む前に三〇三号室のドアに耳を押し当ててみた。室内に人のいる気配は伝わってこなかった。折原が帰宅していないことは確かだろう。

もう少し経《た》ったら、張り込みを切り上げて長岡宏明の事務所を訪ねたほうがよさそうだ。

そう思ったとき、脈絡もなく戸部陽菜の顔が頭に浮かんで消えた。前夜、ケーキを買って帰宅すると、陽菜の表情は暗かった。祖父から母親が急死したことを教えられたからにちがいない。

真崎は無言で陽菜を抱き締めた。慰《なぐさ》めや励《はげ》ましの言葉は無力だ。他人が悲しみに打ちひしがれているときは、黙って寄り添う。それがベストではないか。

「パパはあたしが生まれる前に事故で死んじゃったけど、星になってママや陽菜のことを見守ってるんだって。ママがそう言ってた」

陽菜が唐突に言った。

「そう」

「おじさん、ママは星になったんだから、パパに会えるよね？」

「きっと会えるよ」

「いつかママが言ってたけど、死んで星になっても人間に戻れることがあるんだって。あたし、保育所の先生と一緒にママとパパが人間に戻れるまで待ってる。だから、ママが育ったお家には行かない」

「そうしたいんだろうが、ずっと保育所にいるわけにはいかないんだよ」

「えっ、どうして？」

「きみはもっと大きくなったら、小学校に入るんだ。中学を卒業してからは、高校や大学に行くことになるだろう。だからね、ずっと保育所に通うわけじゃないんだ」

「そっか」

「ママと暮らしてたアパートの家賃も払わなきゃいけないが、陽菜ちゃんはまだ子供だから、働いて生活費を稼ぐことはできないだろう？」

「おじさん、生活費って？」

「人間は何か食べないと生きていけない。着る物だって必要だ。電車やバスも只《ただ》では乗れないよね。生きていくのに必要なお金を生活費と言うんだよ」

「ふうん。陽菜はママみたいに働けないよ。だってさ、まだチビだもん。大人じゃないから、無理だよ」

「そうだね。少なくとも中学を卒業するまでは誰か大人の世話にならないと、子供は生きていけないんだ。わかるよね？」

真崎は言い諭《さと》した。

「よくわかんないけど、ママやパパにすぐ会えるんなら、あたし、星になってもいいよ」

「四つや五つじゃ、星にはなれないんだ」

「へえ、そうなの。あたし、困っちゃうな。どうすればいいのかな」

「ママのお父さんとお母さん、つまりお祖父ちゃんとお祖母ちゃんの二人は陽菜ちゃんと仲良く暮らしたがってる。それだから、練馬のお祖父ちゃんが車で陽菜ちゃんを迎えにきたわけだよ」

「でもさ、会ったこともないお祖父ちゃんが急に来ても、あたし、一緒にママが生まれたお家《うち》に行けないよ。なんか怖いもん」

「そうか。それなら、翔太と一緒に何日かママの育った家に泊まってみるかい？　翔太がそばにいれば、へっちゃらだよな」

「うん、翔太お兄ちゃんが一緒に泊まるんだったらね」

「そうしてみるか？」

「いいよ。おじさん、ケーキをたくさん買ってきたみたいだね。あたし、苺《いちご》のショートケーキが好きなの。モンブランもおいしいよね」

「両方食べなよ。翔太は自分の部屋でテレビゲームをやってるようだな。陽菜ちゃん、翔太を呼んできてくれないか」

「はーい」

　陽菜は真崎の腕の中から抜けると、翔太の部屋に向かって走りだした。真崎はひとまず安堵《あんど》して、妻と顔を見合わせた。

提案したことは、その場限りの言い繕《つくろ》いではなかった。息子は夏休み中だ。陽菜とともに翔太も何日か由起の実家に泊めさせてもらうつもりだった。

美玲は反対しなかった。シングルマザーの密葬が終わって陽菜の祖父母が少し落ち着いたら、真崎は先方に打診してみることにした。


やがて、十時半を回った。

折原茂樹が塒《ねぐら》に戻ってくる様子はなかった。真崎は車を銀座に向けた。

長岡公認会計事務所を探し当てたのは、およそ四十分後だった。事務所は銀座二丁目の雑居ビルの四階にあった。真崎はマイカーを路上に駐《と》め、目的のオフィスを訪れた。

応対に現われた女性事務員に素姓《すじょう》を明かし、所長の長岡宏明に取り次いでくれるよう頼んだ。相手は困惑顔になったが、奥にある所長室に足を向けた。真崎は数分待たされたが、所長室に通された。長岡は理智的な面立《おもだ》ちで、上背もある。

真崎は陽菜との接点を話し、戸部由起の事件を個人的に調べる気になったことも明かした。二人は名刺交換をすると、応接ソファに腰かけた。向かい合う恰好《かっこう》だった。

「由起が、いいえ、由起さんが殺人事件の被害者になってたなんて何か悪い夢を見ているようです。まだ実感がありません」

長岡が先に口を開いた。

「そうでしょうね」

「故人の一生を不幸な形で終わらせることになったのは、このわたしの責任です。言い訳になりますが、由起さんとはいい加減な気持ちで交際していたわけではありませんでした」

「由起さんが妊娠されたとき、長岡さんは奥さんとは別れる気になったんですね？」

「ええ。妻の啓子とは恋愛結婚したのですが、二人の価値観が違ってたんで、次第に心が寄り添わなくなってしまったんですよ。それでも、子供ができて一、二年は夫婦に大きな溝はありませんでした。現在、八歳の息子の教育方針を巡って意見がことごとくぶつかるようになってから……」

「夫婦仲がしっくりいかなくなったんですね？」

真崎は確かめた。

「そうです。妻は中堅私大出身であることに妙なコンプレックスがあって、子供が三歳になると、ピアノ、水泳、絵画、語学を強引に習わせはじめたんですよ。わたしは英才教育は必要ないと考えてますので、妻の方針には猛反対しました。妻は息子の可能性を引き出してやらないのは愛情不足だし、親として無責任だと……」

「教育熱心なんですね、奥さんは」

「二十代で公認会計士の資格を取得したわたしがこんなことを言うと、綺麗事《きれいごと》に聞こえるでしょうが、子供は雑草のように己《おのれ》で逞《たくま》しく育てばいいと考えてます。幼いころから複数の塾通いをさせたら、その子がかわいそうです。親の見栄や歪《ゆが》んだ愛情で子供に何かを強《し》いるのは惨《むご》いですよ」

「同感ですね。子供の気持ちを大事にしてあげることが親の務めだと思います。人生の勝ち組になれと子供に発破《はっぱ》をかける親もいますが、それは間違ってますよね。そもそも人生に勝ち負けなんかないんですから。富や名声を得ても精神的に満足できなければ、勝利者とは言えません」

「おっしゃる通りですね。人生をエンジョイすればいいんですよ、誰もが。青臭いと笑われるかもしれませんが、わたしは本当にそう思っています。妻とは価値観がまるで違うんです。そんなことで、わたしたちはいつしか背中を向け合うようになりました。仮面夫婦と言ってもいいほど関係は冷え込んでしまったんです」

「家庭に安らぎがなくなったので、あなたは戸部由起さんにのめり込んだんですね。本当に離婚して、由起さんと一緒になる気だったんでしょう」

「繰り返しますが、そうするつもりでいました。ですが、離婚話を切り出すと、妻の啓子《と》が精神安定剤を多量に服《の》んで死のうとしたんです。幸い発見が早かったんで、命は取り留めましたが」

「奥さんは、あなたに未練があったようですね」

「いいえ、そうではないと思います。離婚したら、世間体が悪くなると考えたにちがいありません。そういう女なんです、妻はね。そんな騒ぎがありましたし、子供にお母さんと別れないでくれと泣きつかれたので……」

「離婚には踏み切れなかった？」

「そうなんですよ。できることなら、由起さんと新たな生活をしたかったですね。そうしていれば、彼女は若死にしなかったと思うと、自分の意気地《いくじ》なさが情けないです」

長岡がうつむいた。

「あなたは家庭を棄《す》てなかったわけですが、奥さんとの関係は修復できたんですか」

「いいえ。妻とは必要最小限の言葉しか交わさなくなりました。目を合わせることもなくなりました。もちろん、寝室も別々でセックスレスです」

「まだ奥さんは三十代の半《なか》ばですから、女盛りと言ってもいいな。下品な言い方になりますが、悶々《もんもん》とすることもあったと思います」

「そうでしょうね。こちらが先に別の女性に心を移したことに対する腹いせのつもりか、妻は複数の男と飲みに出かける夜が多くなりました。朝帰りすることもありましたから、わたし以外の男性に抱かれてるんでしょう」

「あなたは奥さんの朝帰りを咎《とが》めなかったんですか？」

「先に妻を裏切ってるんで、咎める資格はないと思って、見て見ぬ振りをしてきたんです。夫の立場で考えると、虚仮《こけ》にされつづけてるのは愉快ではありません。しかし、愛情はほとんどなくなっているので、特にジェラシーは感じませんでした」

「そうですか。実は、奥さんが陽菜ちゃんを夫婦で育てたいから由起さんに養育権を放棄してほしいと持ちかけたことがあるという情報を摑んだんですが、それは事実だったんでしょうか？」

真崎は問いかけた。

「啓子は、妻はわたしに無断で由起さんの勤め先を訪ねて、そんなことを言ったようですね。後日そのことを聞かされて、背筋が凍《こお》りました。妻はわたしが陽菜ちゃんを実子と認知したことがどうしても許せなくて、そういう形で報復する気だったのでしょう」

「ええ、そういう気持ちがあったのかもしれませんね」

「妻は由起さんが子供を頑《かたく》なに手放そうとしなかったので、夫を奪った形の彼女に烈《はげ》しい憎悪を覚えたようです。陽菜ちゃんの存在も疎《うと》ましかったんでしょう。ネットの闇サイトでシングルマザーと子供を始末してくれる人間を見つけ出してやるなんてうそぶいてました。ただの威《おど》しではないような口ぶりでしたので、ぞっとしましたよ」

「本気で戸部母子を犯罪のプロに片づけさせようと思ってたわけじゃないでしょう。あなたを不安がらせたかっただけなんではないのかな」

「いいえ、あのときの妻は真顔《まがお》でした。わたしに向けた眼差しは棘々《とげとげ》しかったな。遊び友達の男に由起さんを先に葬《ほうむ》らせたんではないかと疑ってみたくもなります」

「奥さんと親密な関係の男たちについて教えていただけますか？」

「三人ぐらい遊び友達がいるみたいですが、その連中の名前も顔も知りません。啓子がどこの誰と何をしようと、わたしにはもはやどうでもいいことです。スマホをこっそりチェックすれば、ボーイフレンドの正体はわかると思いますよ。ですが、そんなことはしたくもありません」

「夫婦仲はそこまで冷え込んでしまってるんですか」

「もうよりを戻すことは無理でしょう。息子が小学校を卒業したら、わたしは協議離婚するつもりです。不動産と預金の大半を啓子に渡して、わたしは家を出る気でいます。いますぐに別居してもいいんですが、息子がもっと大きくなってからでないと、かわいそうですのでね」

「そこまで夫婦仲がこじれてるんだったら、奥さんを説得して別々に再出発したほうがいいのかもしれません。余計なお世話でしょうがね」

「それは真剣に考えてます。それはそうと、陽菜ちゃんのことが気がかりです。彼女を実子と認知しただけの父親ですが、由起さんとの間にできた大切な娘ですので。陽菜ちゃんは母方の祖父母に引き取られることになるんですかね。できることなら、わたしが引き取って離婚が成立するまで弟夫婦に預けたい気持ちです。これまで何もしてやれなかったので、できるだけの支援をしたいんです」

長岡が訴えるような口調で言った。

「あなたの気持ちはわかりますが、陽菜ちゃんは母親の実家に引き取られることになりそうですね。それに、由起さんはあなたが事故で亡くなったと娘さんに言ってたらしいですよ」

「そうだったんですか。実の父親が生きていると知ったら、亡くなった由起さんは嘘《うそ》つきだと陽菜ちゃんに恨《うら》まれそうだな」

「ええ、多分」

「そういうことでしたら、わたしはそっと陽菜ちゃんを見守ります。本当は自分の娘なんですから、名乗り出て思いっきり抱き締めてあげたいとこですがね」

「そのほうがいいでしょう。奥さんは三田二丁目のご自宅にいらっしゃいます？」

「この時刻なら、まだ外出はしてないと思いますよ。お手伝いさんに息子の世話をお願いして外出するのは夕方が多いようですから。妻が由起さんの事件に関わってるかどうか探《さぐ》りを入れるんですか？」

「そんな無礼なことはしません。在宅してるかどうか確かめたのは少し動きを探ってみたいと思ったからですよ」

「啓子を尾行してみるんですね？」

「ええ、念のために。あなたの奥さんが誰かに戸部由起さんを絞殺させたと睨《にら》んだわけじゃないんですが、疑わしいことがあったら、一応調べてみる。それが刑事の仕事なんですよ。ご協力に感謝します」

真崎はソファから腰を浮かせた。

所長室を出て、公認会計事務所を後にする。真崎はアテンザに乗り込むと、元部下でやくざの野中に電話をかけた。神谷町《かみやちょう》のマンスリーマンションか、追分組の組事務所にいるのではないか。

呼び出し音が虚《むな》しく響くだけで、いっこうに通話可能状態にならない。野中はシャワーでも浴びているのか。

真崎は私用のスマートフォンを耳から離しかけた。そのとき、電話が繋《つな》がった。野中の呼吸は乱れている。女の淫《みだ》らな呻《うめ》き声もかすかに聞こえた。

「ナニの最中らしいな」

真崎は小声で言った。

「ビンゴです。そろそろ仕上げにかかろうと思ってたんだ。腰を動かしながら、真崎さんの話を聞きますよ」

「デリカシーのない男だな。パートナーに逃げられちまうぞ。終わったら、コールバックしてくれ。そっちに手伝ってもらいたいことがあるんだ」

「了解！　ちょっと待っててくださいね」

野中がせっかちに電話を切った。

真崎は苦笑して、セブンスターに火を点《つ》けた。一服し終えて間もなく、野中から電話がかかってきた。

「ベッドパートナーは、どこかのホステスか？」

「れっきとした若い人妻です。昨夜《ゆうべ》、サパークラブで知り合ったんだ。旦那が海外出張中で淋《さび》しそうだったんで、ベッドで慰《なぐさ》めてやったんですよ。三週間ぶりのナニだったとかで、三ラウンドも求められちゃってね」

「パートナーがそばにいるんじゃないのか？」

「いや、シャワーを浴びてます。おれは何をすればいいのかな」

「公認会計士の妻にうまく接近して、その彼女が殺人事件に絡んでるかどうか探り出してもらいたいんだ」

真崎は長岡啓子についての情報を与えた。

「おれより一個年上の熟女ですか。久しぶりに年増《としま》と乱れるか」

「事を急《せ》くなよ。相手は堅気《かたぎ》の奥さんなんだ。優しく口説いて、夫の不倫相手だったシングルマザーを誰かに殺《や》らせたかどうか探り出してくれないか」

「何かいい手を考えてみますよ。真崎さん、啓子って人妻のほかに怪しい奴がいるんですね?」

「そうなんだ。おれは別の奴の動きを探らなきゃならないんで、長岡啓子のほうは野中に任せるよ」

「対象者《マルタイ》は、まだ自宅にいるんですか?」

「と思うよ。引っ張り込んだ人妻を上手に追い払って、すぐに動いてくれ」

「わかりました」

野中の声が熄《や》んだ。真崎はスマートフォンを懐に戻し、刑事用携帯電話《ポリスモード》で別働隊の隊長である片桐《かたぎり》卓《すぐる》警視正に電話をかけた。

別働隊の五人は二十四時間態勢で、真崎の密行捜査の側面支援をしてくれている。警視庁本庁舎の地下四階の機械室の奥にある秘密アジトには、いつも当直のメンバーが泊まっている。アジトには取調室と簡易留置場もあった。

電話が繋がった。

「やあ、真崎さん。密行捜査は下されてないはずですが、どうされました?」

「片桐隊長、前にも言いましたが、敬語はやめてくださいよ。あなたのほうが年上ですし、職階も上なんですから」

「そうですが、あなたは刑事部長直属の優秀な特捜捜査官なんです。一目《いちもく》置いてるわけですよ」

「フランクに接してくれませんか。それはそうと、非公式に渋谷署から事件調書の写しを手に入れてもらいたいんですよ」

「どんな事件《ヤマ》なんです？」

「半年ほど前に渋谷署が宝飾品の〝押し買い〟業者の一団を詐欺容疑で逮捕《パク》ったんですが、検挙された従犯の中に三好百合というシングルマザーがいたんですよ。その彼女は二歳の坊やを道連れに無理心中してしまったんですがね」

「なんでシングルマザーが検挙《アゲ》られることになったんです？」

「年収が少なかったんで日給三万円に釣られ、詐欺の片棒を担《かつ》いでしまったんですよ。書類送検されたことを苦にして、三好百合は幼子《おさなご》と一緒に……」

「早まったことをしてしまいましたね」

「ええ。きのう三鷹市内の雑木林で戸部由起というシングルマザーの絞殺体が発見されましたでしょ？」

「お知り合いだったんですか？」

片桐が訊いた。

「そうじゃないんですが、戸部由起の四つの娘をわたしの家で預かることになったんですよ」

「なぜ預かることになったんです？」

「息子が、拉致されたシングルマザーの娘を保護したことで……」

　真崎は経緯をつぶさに語った。

「なるほど、そういうことですか」

「戸部由起は三好百合と面識があって、母子心中したシングルマザー仲間を悪事に巻き込んだ詐欺グループの黒幕を突きとめたんで消されたかもしれないんですよ。グループの幹部たちは服役中でしょうが、そいつらの交友関係を洗えば、真の主犯にたどりつけると思ったわけです」

「渋谷署から関係調書の写しを入手したら、真崎さんに連絡しましょう。少し時間をください」

「面倒なお願いですが、よろしくお願いします」

　真崎は通話を切り上げた。

3

　ハンバーグライスを食べ終えた。

　真崎はペーパーナプキンで口許《くちもと》を拭《ぬぐ》ってから、ウェイトレスにコーヒーを追加注文した。頼んだのはホットだった。霞《かすみ》が関《せき》の官庁街の外れにあるティーラウンジ&レストランだ。もうランチタイムを過ぎているせいか、客の姿は少なかった。

間もなく午後一時半になる。そろそろ別働隊の片桐隊長がやってくるだろう。渋谷署から非公式に宝飾品にまつわる詐欺事件の供述調書の写しを入手したという連絡があったのは、およそ四十分前だった。

真崎は別働隊のアジトに出向くつもりでいた。だが、片桐がこの店で落ち合おうと提案したのである。わざわざ出向かせて悪い気がしたが、隊長の気遣いを素直に受けることにした。

約束の時刻は午後一時半だった。

真崎のテーブルにコーヒーが運ばれてきた。ブラックで一口啜《すす》ったとき、片桐隊長が店に入ってきた。四十六歳だが、動作は若々しい。

「わざわざご足労願って申し訳ありません」

真崎は椅子から立ち上がって、頭を下げた。

「敏腕刑事のお手伝いをさせていただいて、こちらこそ光栄です」

「警視正の片桐さんにそんなふうに言われると、からかわれてる気がするな」

「真崎さんには本当に一目置いてるんですよ。茶化したわけではありませんし、厭味《いやみ》を口にしたんでもないです」

「そう言われても……」

「坐りましょう」

片桐がテーブルの反対側に腰かけ、ウェイトレスにアイスティーを注文した。携《たずさ》えていた蛇腹《じゃばら》封筒は、さりげなく横の椅子の上に置かれた。ウェイトレスが下がる。

「きょうも暑いですね」

真崎は着席し、片桐と雑談を交わしはじめた。近くの席は空いていたが、片桐の飲みものが運ばれてくるまで本題に入る気はなかった。

少し待つと、アイスティーが片桐の前に置かれた。ウェイトレスが遠ざかる。片桐が蛇腹封筒を卓上に載《の》せた。

「ひと通り事件調書の写しを手に入れました。渋谷署にかつての部下がいますので、その彼に協力してもらったんですよ」

「そうですか。ありがとうございました。早速、目を通させてもらいます」

真崎は蛇腹封筒を引き寄せ、供述書の写しをまとめて引き出した。テーブルの下で調書の文字を目で追いはじめる。

宝飾品の〝押し買い〟業者は『創生《そうせい》貴金属』という社名を使って主に金やプラチナを詐取する形で安値で買い集めて、三年数カ月前から外国人の闇ブローカーに売り渡していた。宮益坂《みやますざか》のレンタルオフィスに事務所を構えていたが、法人登記はされていなかった。

いわゆるゴーストカンパニーである。

　渋谷署は複数の貴金属詐欺の訴えを受けて、およそ二年前から犯罪捜査に乗り出した。だが、なかなか加害者の特定はできなかった。

　レンタルオフィスは架空名義で借りられ、二十数名の自称営業社員たちもそれぞれ五つか六つの偽名を使い分けていた。詐欺の手伝いをさせられた大学生、フリーター、主婦、シングルマザーたちは労働に応じて日給三万円を現金で受け取っていたが、経営者が誰なのか知らなかった。

　警察は粘り強く内偵捜査を重ね、八カ月前にようやく指令系統を掴んだ。自称営業社員たちを束ねていたのは鶴丸隆太郎《つるまるりゅうたろう》、五十二歳だった。

　鶴丸は元貴金属店従業員で、詐欺の前科があった。現在、三つの罪名で起訴されて服役中の身である。鶴丸には参謀がいた。古沢忠記《ふるさわただき》という名で、四十五歳だ。鶴丸のかつての刑務所仲間だった。古沢もいまは刑務所にいる。

　鶴丸と古沢は貴金属詐欺事件で実刑判決を下されたが、求人誌などで集められた自称営業社員とアルバイト要員たちは書類送検されて不起訴処分になった。母子心中を遂げた三好百合も、そのひとりだった。

　詐欺の推定被害額は十億円近かった。だが、主犯格の鶴丸の預貯金は一千万円弱だった。参謀の古沢に至っては三百万円も貯《たくわ》えていなかった。

鶴丸と古沢は警察と検察庁の調べに対して、貴金属詐欺で得た大金は商品先物取引で失ってしまったと口を揃《そろ》えた。どちらも背後にいる首謀者を庇《かば》っていることは、ほぼ間違いないだろう。捜査当局は鶴丸と古沢を厳しく追及した。だが、どちらも黒幕の名は吐かなかった。

真崎は、すべての事件調書を読んだ。顔を上げると、片桐が口を開いた。

「わたしも調書の写しにざっと目を通しましたが、服役中の鶴丸と古沢がビッグボスの罪を被《かぶ》ったと考えてもいいでしょうね。どちらも商品先物取引で大きな損失を出したことの裏付《ウラ》けは取れていませんので、汚れた金は真の主犯に渡ってるんだと思います」

「ええ、おそらくね。ダミーの首謀者と考えられる鶴丸隆太郎は黒幕を庇いきったら、億単位の謝礼を貰えることになってるんでしょう。鶴丸の参謀だった古沢という奴も、相応の見返りを約束されてるんだと思います」

「そうなんでしょう。鶴丸は二十年近く前に離婚して、逮捕されたときは内縁関係にある小料理屋の女将《おかみ》と同居してたんではなかったかな」

片桐が言って、アイスティーをストローで吸い上げた。

真崎は膝の上で、事件調書の写しを捲《めく》った。

「ええ、そうですね。内縁の妻は四谷《よつや》の荒木町《あらきちょう》で『しほ』という小料理屋を営んでて、店の二階で鶴丸と暮らしてたようです。名前は稲葉志穂《いなばしほ》、三十六歳ですね」

「ああ、そうでした。古沢忠記のほうは結婚歴がなく、検挙《アゲ》られたときは田端《たばた》の賃貸マンションで独《ひと》り暮らしをしていたと思います」

「そう記述されてましたね。古沢は女嫌いだったんだろうか」

「そういうことは供述書に綴《つづ》られてませんでしたから、いろんな女と適当に遊んでたんでしょう。実家は埼玉《さいたま》の春日部《かすかべ》市内にあります」

「ええ」

「古沢は、親兄弟に自慢できるような生き方をしてきたようではないので、身内とは行き来してなかったんではないですか。旧友たちとのつき合いもなかったのかもしれません」

「ええ、多分ね。犯罪者の多くは後ろめたさもあって、あまり郷里には近づきません。それから、昔の友人や知り合いからも遠ざかる傾向があるな」

「そうですね。古沢の周辺の者から黒幕に関する手がかりは得られないと思いますが、鶴丸の内妻は何か知ってるかもしれません」

「まず稲葉志穂から当たってみます。ところで、渋谷署は戸部由起が『創生貴金属』のことを調べ回ってたかどうかまでは知らないでしょうね」

「かつての部下にそのことで探りを入れてみたんですが、何も知らない様子でしたよ」

「そうですか」

「ただ、元部下から鶴丸に関することで意外な話を聞きました。貴金属を安く買い叩いたり、持ち逃げしてた犯罪グループの司令塔だった鶴丸は、なぜだか路上生活者《ホームレス》たちに温かく接してたらしいんです」

「信じられない話ですね。鶴丸は昔、ホームレスに何かで救《たす》けられて、恩義を感じてるんだろうか」

「そのあたりのことはわかりませんが、鶴丸は渋谷の宮下《みやした》公園（現在、ミヤシタパークという屋上公園になっている）の際《きわ》の掘っ建て小屋に住みついてる路上生活者たちにちょくちょく食べ物や缶ジュースを差し入れてたようです。ホームレスたちと酒盛りをすることもあったみたいですね。そのことは、渋谷署の複数の署員が知ってたというんです」

「そうなんですか。鶴丸は出所後に有り金を遣《つか》い果たして、宮下公園のベンチで朝まで仮眠をとったことがあるのかな。そのとき、ホームレスの誰かにパンか菓子でも恵んでもらったんだろうか」

「真崎さん、そうだったのかもしれませんね。文《もん》なしで腹を空《す》かしてるときに温かな手を差し伸べられたら、どんな悪人でもありがたいと思うでしょう。鶴丸隆太郎はそんな借りがあったので、恩返しの真似事をしてたんではないんだろうか」

「なるほど」

「ホームレス仲間にシゲさんと呼ばれてる六十歳前後の男には特に優しかったという話でした。鶴丸は、そのシゲさんという人物によくしてもらっていたのかもしれませんよ」

片桐が言って、残りのアイスティーを吸い上げた。真崎も釣られる恰好《かっこう》で、コーヒーカップに口をつけた。

どんな凶悪犯も、芯《しん》まで冷血そのものという人間は少ない。女性や子供には思い遣《や》りを示す殺人者を過去に逮捕したことがある。また別の連続殺人犯は犬好きで、花の美しさに見惚《と》れる情感も失っていなかった。高齢者たちを労《いたわ》る強盗殺人犯もいた。

鶴丸が以前に世話になった路上生活者に恩返しめいたことをしていたとしても、別に不思議ではない。だが、単なる恩返しをしていただけなのか。

何年も前の話だが、メガバンクの男性行員が職場の金を二億円近く横領して逃亡の末、ホームレスの集団に紛《まぎ》れ込んで、捜査の目を逸《そ》らしていたという事例もある。貴金属を巧《たく》みに騙《だま》し取った犯罪グループを陰で操《あやつ》っていた首謀者が警察に怪しまれることを避ける目的で、〝宿なし〟になりすましたとは考えられないだろうか。

「急に黙り込んでしまいましたが、どうされたんです?」

片桐が心配顔で真崎に問いかけてきた。

「すみません。ちょっと考えごとをしてたんですよ。片桐さん、通称シゲさんが背後で鶴丸に悪事の指示をしてたと推測するのはリアリティーがありませんかね」

「ホームレスが黒幕かもしれないと……」

「ええ、どうでしょう?」

「シゲさんと呼ばれてる六十年配の男は捜査の目を逸《そ》らしたくて、ホームレスに化けてた。そういう筋読みなんですね？」

「ええ。突飛《とっぴ》すぎるかもしれませんが、あり得ないことではない気がするんですよ。世の中には、悪知恵を働かせる奴がいます。詐欺まがいの手口で金やプラチナを安く買い叩いて、ついでに指輪やネックレスも持ち去った連中の親玉がホームレスを装《よそお》ってたなんて誰も想像がつかないと思います」

「ええ、そうでしょうね」

「人間の心理の裏をかいて捜査の手が自分に迫るのを回避したいと考えてる悪人なら、それぐらいのことはやるような気がします」

「しかし、ぬくぬくと暮らしてた人間がホームレスの振りなんかできるかどうか。野宿は想像以上にきついはずです」

「でしょうね。真冬なら、凍死しかねません。夏は蚊に悩まされて、よく眠れないにちがいない。たとえベニヤ板や段ボールで周《まわ》りを囲っていてもね」

「ええ。六十年配の男はそんな日々に耐えられますかね？」

「厳《きび》しいだろうな。しかし、住所を定めてたら、いつか捕まって刑務所《ムショ》に送られるかもしれない。そんな不安を抱《かか》えてたら……」

「変装して逃亡を図る気にもなるんじゃないですか？」

すよ」
「そうしても、逃亡先で正体が割れてしまうという強迫観念を拭《ぬぐ》うことはできないはずで
「そうでしょうね。そうだとしても……」
　真崎は言った。
「シゲさんと呼ばれてた人物が殺人をやってたとしたら、絶対に逮捕《パク》られたくないと願う
んじゃありませんか？」
「殺人犯なら、そうでしょうね。通称シゲさんは凶悪な犯罪に及んで、身を隠す必要があ
ったんだろうか。そうだったとしたら、海外逃亡を図りそうですね。悪事で荒稼ぎしてた
ら、金に不自由はしてないと思います。高い密航費用も工面《くめん》できるわけですから、どこか
外国で潜伏生活をする気になるんではないですか」
「国外逃亡できない事情があったら、国内のどこかに身を潜《ひそ》めるしかない。といって、偽
名で全国を転々としてても、そのうち正体を見破られてしまう恐れがあります」
「だから、ホームレスになりすまして、当分、捜査圏外に身を置く気になった。真崎さん
の推測にケチをつける気はありませんが、こじつけっぽいですね」
「ちょっと強引だったかな」
「ええ、そう思います。しかし、真崎さんの推測にまるでリアリティーがないとは言いま
せん。信じられないような事案が次々に発生してる時代ですので。もしかしたら、真崎さ

んの推測通りなのかもしれませんね」

「その言葉に背中を押されたわけじゃないが、宮下公園のホームレスたちから少し情報を集めてみるかな。どんな捜査も無駄の積み重ねだから、少しぐらい回り道してもどうってことないでしょう」

「そう思ってらっしゃるなら、そうすべきですよ」

片桐が唆《そそのか》した。

そのすぐ後、彼の上着の内ポケットで刑事用携帯電話《ポリスモード》が着信音を響かせた。部下に呼び戻されているのかもしれない。真崎は、さりげなく卓上の伝票を抓《つま》み上げて懐《ふところ》に入れた。片桐の通話は一分以内に終わった。

「申し訳ありません。すぐにアジトに戻らなければならなくなったんですよ。あれっ、伝票は？」

「こっちは昼飯も喰《く》ってるんです。片桐さんに奢《おご》ってもらうわけにはいきません。それに、非公式な協力もしてもらったんですから、どうぞお先に！」

「なんだか悪いな」

「アイスティー一杯では気が引けるな。そのうち酒を奢らせてください。調書の写しは、しばらくお借りしてもいいんでしょ？」

「返却の必要はありませんよ。ご用済みになったら、焼却してください。シュレッダーにかけてもらってもかまいません」

「わかりました」

「それではご馳走《ちそう》になります。先に失礼しますね」

片桐がすっくと立ち上がった。真崎も腰を上げ、別働隊の隊長を見送った。

それから数分後、蛇腹封筒を抱えてティーラウンジ&レストランを出た。数十メートル歩き、裏通りに駐《と》めてあるマイカーの運転席に入った。

車内は暑かった。真崎は冷気が回ってから、シートベルトを掛けた。その数秒後、懐で私用のスマートフォンが振動した。たいていマナーモードにしてあった。

真崎は手早くスマートフォンを摑《つか》み出し、ディスプレイに目を落とした。発信者は野中だった。

「少し前に三田の長岡邸の近くに組の旧型ベンツを駐めて、弟分と一緒に待機してるんですよ。公認会計士はだいぶ稼《かせ》いでるみたいで、でっかい邸宅だね」

「そうか。弟分に何をやらせるつもりなんだ?」

「舎弟に長岡啓子のバッグを引ったくらせようと考えてます」

「そっちが弟分からバッグを取り戻してやって、啓子と親しくなるきっかけを作ろうって筋書きだな?」

「そうです。ありふれた手だけど、それなりに効果はあると思うんですよね」

「だろうな。野中は強面《こわもて》だが、笑うと目尻が下がる。できるだけ笑顔で人妻の歓心を買うようにしてくれ。せっかちにキスなんかしたら、啓子に逃げられてしまうぞ」

「そのへんのことは心得てます。数え切れないぐらい女をコマしてきたんだから、おれ、口説き方は知ってますよ」

「釈迦《しやか》に説法《せつぽう》だったか」

「到着した直後、長岡宅の前に宅配便の車が停まったんですよ。ポーチから出てきた啓子を見たけど、思ってたよりも色っぽかったね。俄然《がぜん》、やる気が出てきました」

「そうか」

「真崎さんのほうは何か進展があったんですか？」

「ああ、少しばかりな」

真崎は経過を伝えはじめた。電話を切ったら、渋谷に向かう予定だ。

4

男たちが揉《も》み合っていた。

宮下公園の脇の区道である。真崎は足を止めた。木陰だった。公園の樹木の枝が道に垂れている。

ワイシャツ姿の三人は、渋谷区役所の職員だろう。三人と向き合っている二人は、ホームレスと思われる。髪の毛が伸びていて、服装もみすぼらしい。

「今月中に段ボールハウスを解体していただかないと、強制的に取り壊すことになりますよ」

四十代前半に見えるワイシャツ姿の男が硬い表情で、無精髭《ぶしょうひげ》を生やした細身の五十男に告げた。

「段ボールでこしらえた城なんか一軒もねえよ。おれたちは拾い集めた廃材で、苦労して自分の塒《ねぐら》を完成させたんだ。そう簡単にバラせねえ。ここに住みついてる人間は行く所がねえんだよ」

「だからって……」

「昔は公園内にハウスを造った先輩もいたらしいけど、強制撤去されてからは脇道の端っこに移ってるんだ。おれたち、通行人の邪魔にはなってねえぜ」

「しかし、区道に勝手に建造物をこしらえるのは法律違反ですよ」

「そんなことはわかってらあ。おたくら、区の職員は定収入があるだろうが、おれたちはアルミ缶や雑誌を売って細々と生きてんだよ。貯《たくわ》えがありゃ、アパートに入るさ。けど、その金がないんだ。区役所がアパートを借りる費用を貸してくれるんだったら、城をぶっ壊してもいいぜ」

「定職に就《つ》いて自立する費用を工面《くめん》しなさいよ」

「住所不定のおれたちを雇ってくれる会社があったら、紹介してくれや」

「甘ったれてるな」

「なんだと⁉」

無精髭の男が色を成《な》し、区役所の職員の胸ぐらを摑みそうになった。ホームレス仲間が無精髭の男をなだめた。

「生きにくい時代だろうが、体が動くうちはちゃんと働いて自分で喰っていく。それが一人前の男でしょうが！」

「上から目線で偉そうなことを言うなっ。こう見えてもな、おれは九年前まで塗装請負会社の社長だったんだ。二十六人の塗装作業員を使って、おたくの何倍もの年収を得てたんだよ。リーマン・ショックで、業績は悪くなっちまったがな」

「昔の自慢話を聞いても仕方ないでしょ？　とにかく、ハウスを解体して後片づけをしてほしいな」

「てめえは悪代官みてえだな」

「わたしは、ただの公務員だよ。職務を全《まっと》うしたいだけです」

「冷たい野郎だ。おれたちに野垂《のたじ》れ死にしろって言うのかよっ」

「これ以上話しても無駄だな。いつまでも立ち退《の》かない気でしたら、強制撤去を執行しますよ。いいですね」

区役所職員は二人の同僚に目配《めくば》せすると、身を翻《ひるがえ》した。無精髭の男が悪態をつく。

真崎は二人のホームレスに近づいた。

「役人は融通が利《き》かない奴が多いから、まともに相手にしないほうがいいですよ」

「あんた、誰？」

無精髭の男が警戒心を露《あらわ》にした。

「鶴丸さんの知り合いなんだ」

「ああ、おれたちによく喰いものや缶ジュースを差し入れてくれた旦那《だんな》だな。詐欺で捕まって、刑務所に送られたって噂《うわさ》だが……」

「おれ、府中《ふちゅう》刑務所で鶴丸さんと同じ雑居房にいたんですよ。傷害罪で服役してたんですが、半月前に仮出所したんだ」

「そうなのか。鶴丸さんにはみんな、世話になったんだ。善《い》い人だったけど、金やプラチナを安く買い叩いて、貴金属類を騙《だま》し取ったらしいじゃないか」

「そうなんだってね。でも、鶴丸さんはダミーの主犯で、黒幕の罪を古沢という参謀とともに被《かぶ》ったみたいですよ」

真崎は鎌をかけた。

「えっ、そうなのか」

「鶴丸さんはみんなのことが気がかりだから、おれに様子を見てきてくれって言ったんですよ。みんな、元気ですか？」

「ああ、変わりないよ。でも、鶴丸さんのことをよく知ってたシゲさんが五カ月前に急に姿をくらましちまったんだ」

「そのシゲさんのことを鶴丸さんは特に心配してましたよ。詳しいことは教えてくれなかったけど、シゲさんとは親しくしてた時期があったらしいですよ」

「おれもよく知らないいんだけどさ、シゲさんは以前、手広く事業をやってたみたいだぜ。けど、経営がうまくいかなくなって、文無《もんな》しになったようだね。元成功者のせいか、がつがつしてなかったよ」

「そう」

「アルミ缶拾いは自転車を使わないと、たくさん集められないんだ。単価が安いんで数百本は拾わなきゃ、一日千円も稼げない。雑誌もそうだね。だから、新宿で野宿《アオカン》してる奴の中には、おれたちの仲間の拾った自転車をかっぱらうのがいるんだ。シゲさんも被害者のひとりだったな。でも、シゲさんはそれほど怒らなかった。歩きでアルミ缶や雑誌を少しずつ拾い集めてたよ。いつもおっとりしてたね。な、スガちゃん？」

無精髭を生やした男が、かたわらの三十七、八歳の仲間に相槌《あいづち》を求めた。

「そうだったっすね。シゲさんはどこか品があったから、おれたちは〝宿なし貴族〟なんてニックネームをつけたんすよ。そうだよね、ミヤさん？」

「そう。シゲさんはジェントルマンだったな。炊《た》き出しの列に割り込んだりしなかったし、仲間におにぎりを一つ分けてやることもあった」

「そうなんですか。あなたは宮《みや》が付く名字なんですね？」

真崎は無精髭の男に確かめた。

「宮城《みやぎ》って名乗ってるけど、本名じゃないんだ。スガちゃんだって、通称須賀《すが》だと思うよ。みんな、過去の自分とおさらばしてホームレスをやってるんだから、それでいいんじゃないの」

「そうですね。あなたのことは宮城さんで、隣の方は須賀さんと呼ばせてもらいます」

「そうしてよ。シゲさんの本名も誰も知らないんだけど、もしかしたら、岡田《おかだ》という名字なのかもしれないな」

「そう思ったのはどうしてなんです？」

「シゲさんをアルミ缶を買い取ってくれる仕切り場に初めて連れていったとき、そこの社長が岡田姓の従業員を大声で呼んだんだ。そのとき、シゲさんは驚いた感じで振り向いたんだよ」

「それで、シゲさんの本名は岡田ではないかと思ったんですね？」

「うん、そう。きっと本名は岡田にちがいない。おれたちの仲間入りしたときに繁田《しげた》と名乗ったんで、シゲさんと言ってたんだけどね」

「鶴丸さんの話によると、シゲさんは一年半ぐらい前にホームレスになったらしいんだ」

「おれたちの仲間になったのも、そのころだったと思うよ。高そうなコートを着てたけど、所持金は数百円だったね。ちょうど自立した奴の城が空いてたんで、シゲさんはそこで寝起きするようになったんだ」

「そうですか。シゲさんが借金取りに追われてる様子はうかがえなかった？」

「そうは見えなかったな。でも、シゲさんはパトカーのサイレンが聞こえてくると、きまって緊張した顔つきになったな。こそこそと物陰に隠れるようなことはなかったけど、なんか不安そうな表情を見せたな」

「ミヤさん、シゲさんは何か危《ヤバ》いことをやったんじゃないっすか？」

自称須賀が口を挟んだ。

「事業に失敗したとき、債権者に強く返済を迫られたんで、相手に怪我でもさせて逃げ回ってたのかな」

「お巡りが遠くに見えただけで、シゲさんは落ち着かなくなったっすよね？　傷害程度じゃなくて、債権者を車で轢《ひ》き殺しちゃったんじゃないのかな。街金《まちきん》の取り立てなら、どこかに監禁されるかもしれないからね」

「そうだよな。そうされたくなかったんで、取り立て屋を車で撥《は》ねちまったんだろうか」

「そういうことがあったんじゃないかな。おれたちにもよく差し入れをしてくれた鶴丸さんは、シゲさんが経営してた会社の役員か何かだったんじゃないっすか。シゲさんに目をかけられてたんで、ホームレスになった恩人を心配して……」

「よく訪ねてきてたのか。そのとき、シゲさんは鶴丸さんから小遣いを貰ってたのかもしれないな。アルミ缶集めで得られる金はわずかだが、いつも身綺麗《みぎれい》にしてた。きっとそうだったにちがいねえ」

「鶴丸さんが警察に捕まってから間もなく、シゲさんは姿をくらましたっすよね」

「そうだったな」

「なんでシゲさんは行方《ゆくえ》をくらます必要があったんすかね。ミヤさん、シゲさんは鶴丸さんとつるんで、実は貴金属を詐取《さしゅ》してたとは考えられないっすか？」

「シゲさんは世捨て人になる覚悟をしたんだろうから、もう金銭欲はないだろう。シゲさんが警察に警戒心を持ってたのは、別のことで法を破ったからなんじゃないのか。おれはそう思うね」

「そうなのかな」

「多分、そうなんだろう」

宮城が口を結んだ。須賀も黙った。

「シゲさんがもう渋谷にいないと知ったら、鶴丸さんは余計に心配になるだろうな」

真崎は宮城に目を当てながら、呟《つぶや》くように言った。

「もしかしたら、新宿《しんじゅく》か上野《うえの》で野宿してるのかもしれねえな。あるいは横浜《よこはま》や名古屋《なごや》までヒッチで流れたのか。おれたちは金に余裕がねえから、シゲさん捜しには協力できない。悪いね」

「こっちがなんとかシゲさんの居所を突きとめます。何者かが、シゲさんの動きを探《さぐ》ってる様子はなかったのかな。たとえば、債権者と思われる者が宮下公園周辺をうろついてたとか？」

「そんな奴は見かけてねえな」

「刑事と思われる者か、フリージャーナリストらしき人間がシゲさんの動きを探ってた気配は？」

「そういう者も見かけたことはねえな。ただ、シゲさんがいなくなる一カ月近く前に三十歳ぐらいの女がここに来て、『創生貴金属』の社長がおれたちのとこによく来てたことは間違いないかって訊いてきたよ。その社長が誰のことなのか、最初はわからなかったんだ。でも、話の流れで鶴丸さんのことだってわかったよ。だから、正直に来るたびに差し入れを貰ってることを喋《しゃべ》ったんだ」

「そうですか。その彼女は、鶴丸さんとはどういう関係だと言ってました？」

「そういうことは何も話さなかったよ。鶴丸さんと特に親しくしてる仲間は誰だと訊かれたんで、シゲさんのことを教えてやったんだ。そのとき、少し離れた場所にいたシゲさんを指さしたら、訪ねてきた女は顔をしげしげと見てた。だけど、シゲさんには声をかけなかったな」

　宮城が答えた。

「シゲさんについて、いろいろ質問されたのかな？」

「あれこれ訊かれたよ。けど、シゲさんの個人的なことはほとんど知らないんで、答えようがなかった」

「そうでしょう。その彼女のことをシゲさんに話したんですか？」

「ああ、教えてやったよ。シゲさんは、娘が自分を捜し回ってるのかもしれないと言ってた。でも、シゲさんは自分の家族のことは一度も喋ったことがなかったな。だからさ、妙だなって思ったよ。娘が自分を捜してるかもしれないと言ったのは、とっさに思いついた嘘《うそ》だったんじゃないのかな。そんな気がするね」

「なぜ、そう言い繕《つくろ》う必要があったんだろうか」

　真崎は言いながら、話題の女性が戸部由起だと確信を深めた。

　由起は単独で鶴丸に関する情報を集め、貴金属詐欺事件の首謀者を突きとめる気だったのだろう。あるいは、誰か協力者がいたのか。

　どちらにしても、由起はシゲと呼ばれている謎だらけのホームレスが黒幕と睨《にら》んだと思われる。そして、悪事の首謀者の正体まで調べ上げたのかもしれない。

そうだったとしたら、通称シゲが二人組にシングルマザーを拉致《らち》させ、誰かに絞殺させた疑いが濃いのではないか。

そこまで考え、真崎は素朴《そぼく》な疑問を覚えた。時間に追われていたはずの戸部由起がシゲの正体をたやすく突きとめられるだろうか。一般の民間人がそんなことはできないはずだ。

シゲは自分を怪しんでいるシングルマザーがいることを知って、先手を打ったのではないか。

黒幕の姓が〝岡田〟らしいことはわかった。しかし、それだけでは警察もどこの誰かは特定できない。鶴丸の内縁の妻なら、〝岡田〟の素姓《すじょう》を知っていそうだ。

「おたく、本当に鶴丸さんの刑務所仲間なの？」

宮城が怪訝《けげん》そうな目を向けてきた。

「急に何です？　おれは同じ雑居房にいた鶴丸さんに頼まれて、シゲさんの様子を見にきたんだ。シゲさんが急に姿をくらましたことを手紙に書いて、明日にでも投函《とうかん》しますよ」

「なんか怪しいな。シゲさんのことを根掘り葉掘り訊いたし、そのほか質問をした。もしかしたら、警察関係者じゃねえのか？」

「おれは傷害で半月前まで府中刑務所に入ってたんだぜ」

「その話が事実かどうかわからねえ」

「信用してくれよ」

「いや、どうも怪しいな。おれは警察嫌いなんだよ。お巡《まわ》りどもは威張《いば》り腐ってる。どいつも気に喰わないよ」

「ミヤさん、おれもお巡りは好きじゃないっすよ。あっ、この旦那は鶴丸さんの背後関係を洗い直してる刑事《デカ》かもしれないっすね」

須賀が言った。

「前科《マエ》持ちのおれだって、警察と相性はよくないよ」

「ポケットの中にある物を全部出してくれ。そうすりゃ、あんたが何ものかわかるだろうからな」

宮城が真崎に険《けわ》しい目を向けてきた。

「勘弁してくれよ。すぐに消えるからさ」

「言われた通りにするんだっ」

「引き揚《あ》げるよ」

真崎は足を踏みだした。すかさず宮城が行く手を塞《ふさ》ぎ、千枚通しの先を腹部に突きつけた。

「ミヤさんに逆《さか》らわないほうがいいっすよ」

背後で須賀が言い、腰から何か引き抜いた。首筋に触れたのはスパナだった。

「逃げようとしたら、頭をぶっ叩《たた》くぞ」

「荒っぽいな。雨が降っててアルミ缶や雑誌集めができないときは、裏通りで恐喝《カツアゲ》でもやってそうだな」

「おれたちは犯罪グループじゃないっ。ばかにする気なら、スパナを振り下ろすぞ」

「スガちゃん、いきり立つなって。おれの命令に従わなきゃ、千枚通しを腹ん中に沈めてやるよ」

宮城が目に凄《すご》みを溜《た》めた。

「わかったよ。持ってる物をすべて見せてやるから、二人とも少し離れてくれないか。この状態だと、身動きがとれないじゃないか」

「いいだろう。妙な動きを見せたら、柄《え》の近くまで千枚通しを突き入れるからなっ」

「反撃なんかしないよ」

真崎は言った。

すると、先に須賀が半歩退《さ》がった。つづいて、宮城も少し後退した。

真崎は左の靴の踵《かかと》で須賀の向こう臑《ずね》を思うさま蹴りつけた。骨と肉が鈍《にぶ》く鳴った。須賀が呻《うめ》いて、身を屈《かが》めた。

真崎は横に跳《と》んだ。着地する前に、須賀に横蹴《げ》りをくれる。アンクルブーツは相手の腹部にめり込んだ。須賀が突風を喰《く》らったように宙を泳ぎ、地面に倒れた。弾《はず》みで、片脚が撥ね上がった。

「き、きさまーっ」

宮城が吼《ほ》え、勢いよく千枚通しを突き出した。先端は真崎の体まで届かなかった。

千枚通しが宮城の手許《てもと》に引き戻された。

「やめとけ」

「うるせえ！　てめえ、何者なんだ？」

「鶴丸さんの刑務所仲間と言ったじゃないか」

「いや、そうじゃねえな」

「疑い深い男だ」

真崎は薄く笑った。

「ばかにしやがって。本当にぶっ刺すぞ、こいつで」

「やれるものなら、やればいいさ。それだけの覚悟と度胸があるとは思えないがな」

「なめるんじゃねえ。おれは、もう失うものなんかないんだ」

「だったら、突っ込んでこい！」

「スガちゃん、加勢してくれーっ」

宮城が叫んだ。須賀が弾かれたように起き上がり、頭から突っ込んできた。

真崎はわざと躱《かわ》さなかった。腹筋に力を入れ、闘牛のように突進してきた須賀を受け止めた。すぐに膝頭《ひざがしら》で、相手の顔面を蹴り上げる。たてつづけに二回だった。鼻柱の軟骨が潰《つぶ》れる音が聞こえた。

須賀が唸《うな》りながら、膝から頽《くずお》れた。横に転がる。口許は鼻血で染まっていた。

「くそーっ」

宮城が千枚通しを腰撓《こしだ》めに構え、体当たりする動きを見せた。

真崎は横に逃げると見せかけ、ステップインした。

虚《きょ》を衝《つ》かれた宮城は立ち竦《すく》んだ。棒立ちだった。真崎は宮城の股間を蹴った。千枚通しが地べたに落ちる。宮城は唸《うな》りながら、前屈みになった。

真崎は宮城の顎《あご》を蹴り上げた。宮城は両手をVの字に掲《かか》げたまま、後方に仰向《あおむ》けに引っくり返った。すぐに体を丸め、のたうち回りはじめた。

真崎は、車を駐めてある明治《めいじ》通りに足を向けた。

第三章　消えた黒幕

1

軒灯《けんとう》は点《つ》いていた。

荒木町の『しほ』である。時刻は午後六時過ぎだった。

店は、新宿通りから一本奥に入った裏通りに面していた。住居付きの店舗だった。裏道の両側には小さな飲食店が連《つら》なっている。かつて花街《はなまち》だった華《はな》やかさは消えているが、昭和の風情《ふぜい》は留《とど》めていた。

真崎はアテンザを道端に駐めた。シャッターの下りた洋食屋の前だった。車を降りて、二十メートルほど歩く。

真崎は『しほ』に足を踏み入れた。

客の姿はなかった。素木《しらき》のカウンターが左手に伸び、通路の右側には小上《こあ》がりがあった。

「いらっしゃいませ」

奥から三十代半ばの和服姿の女性が現われた。色白で、艶《つや》っぽい。鶴丸隆太郎の内妻の稲葉志穂だろう。

「口開けの客みたいだね。一見《いちげん》が一番乗りじゃ、なんか気が引けるな。常連客たちに睨《にら》まれそうだ」

「そんなことはお気になさらずに、お好きな席にお掛けください」

「それじゃ、美人女将《おかみ》と差し向かいで少し飲ませてもらおうか」

真崎はカウンターの中ほどに坐《すわ》り、ビールと数種の肴《さかな》を頼んだ。

「志穂と申します。荒木町には、よくお越しになるんですか？」

「いや、きょうが初めてなんだ。いい雰囲気の酒場が並んでるね。大人が遊ぶ所だな」

「独特な雰囲気があるとおっしゃってくださるお客さんが多いんですよ」

「実際、その通りだね。たたずまいにも惹《ひ》かれてるんだろうが、ママお目当ての中年男が多いんだろうな」

「お上手だこと……」

志穂が突き出しの小鉢《こばち》とビアグラスをカウンターに置く。真崎はビアグラスを摑《つか》み上げ、酌《しゃく》を受けた。

「よかったら、ママも飲《や》りませんか？」

「ありがとうございます。先にご注文いただいた物を用意しませんと……」

「ひとりで切り盛りされてるようだから、調理師免許もあるんでしょうね」

「ええ、一応」

「魚は豊洲《とよす》市場から仕入れてるの？」

「そうですけど、荒木町でスタンド割烹《かっぽう》をやってる従兄《いとこ》が、わたしの店の分も一緒に買い付けてくれてるんですよ」

志穂が言って、刺身庖丁《さしみぼうちょう》を握った。真崎はビールを喉に流し込み、探《さぐ》りを入れるタイミングを計《はか》った。あまり焦《あせ》ることもないだろう。

真崎は、刺身の盛り合わせと金目鯛《きんめだい》の煮付けが目の前に置かれるまでビールをゆっくりと飲んだ。

「ママはビールよりも、日本酒のほうがいいのかな」

「いいえ、ビールをいただきます」

志穂がビアグラスを手に取った。

真崎はカウンター越しにビールを注いだ。志穂が礼を言って、ビアグラスを傾けた。飲み方に色気があった。つい見入ってしまう。

「近くにある会社にお勤めなんですか？」

「仕事を探してるとこなんだ」

「前の会社、辞められたんですね？」

「そうじゃないんだ。一週間ぐらい前まで服役してたんですよ。木工班で鶴丸隆太郎さんと一緒に働いてたんだ」

真崎は、さらりと言った。

「そうなの。何をやったんです？」

「交際相手を寝盗《と》った上司を半殺しにしちゃったんですよ。それで、傷害罪で服役することになったんだ」

「彼女を奪った上司は、いったいどういう神経の持ち主なのかしら。ひどい奴ね」

志穂は、真崎の作り話を真《ま》に受けたようだ。

「下手《へた》したら、相手を殺してたかもしれないな。上司の誘惑を拒《こば》めなかった交際相手にも腹が立ったが、女を殴《なぐ》るわけにはいかないので……」

「怒りをぐっと抑《おさ》えたんでしょうね。お辛《つら》かったと思います」

「おれの話は、もうよしましょう。思い出すと、怒りがぶり返しそうなんでね。鶴丸さんは、ママのことを心配してましたよ」

「そうですか。わたしはなんとか店を切り盛りしてます。鶴丸が仮出所する日まで頑張らないとね」

「鶴丸さんは金やプラチナを安く買い叩くだけにしておけばよかったんだが、ほかの貴金属を営業の人間やアルバイトたちに持ち逃げさせちゃった。だから、執行猶予が付かなかったんだよね。右腕だった古沢さんも服役は免《まぬが》れられなかった。警察と検察は『創生貴金属』というゴーストカンパニーを仕切ってたのは鶴丸さんと見たようだが、事実はそうじゃないみたいですよ」

　真崎は鎌をかけた。

「えっ、そうなんですか⁉」

「鶴丸さんははっきりと言ったわけじゃないが、自分は本当の主犯じゃないと匂わせてたんだ。黒幕を庇《かば》って刑に服したんだろうね」

「そうなのかしら？」

「詐欺事件の被害額は十億円近いらしい。鶴丸さんと参謀の古沢さんは先物取引で詐欺で稼いだ金の大半を損失したと捜査機関に供述したようなんだが、その裏付けはいまも取れてないみたいなんですよ」

「鶴丸は得た大金をどこかに隠してあるんでしょうか。わたしは預かってませんから、山の土中に札束を埋めたのかしら」

　志穂が呟くように言った。

「いや、そうではないでしょう。おそらく大金は、鶴丸さんをダミーの主犯にした黒幕に渡ってるんだろうな」

「そうなんですかね」

「ママ、こっちで一緒に飲まないか。ほかの客が来るまでさ」

真崎は誘った。志穂が少したためらってから、カウンターから出てきた。真崎は隣に坐った志穂のグラスにビールを注いだ。

「鶴丸さんは真の首謀者に何か大きな借りがあって汚れ役を引き受けたのかもしれないが、うまく利用されちゃったんじゃないのかな。シャバに出たら、一億か二億を貰う約束になってたとしても割に合わないでしょ?」

「ええ、そうですよね。鶴丸が服役中に黒幕が大金を持って姿をくらましたら、それで終わりだわ。あの男《ひと》、鶴丸はどこか抜けてるとこがあるから、利用されただけなのかもしれません」

「確かに鶴丸さんは気がいいというか、他人に何かを頼まれたりすると、まず断らないな」

「そうなんですよ。それで、ずいぶん損をしたはずなんです。でも、懲《こ》りないんですよね。よく言えば、俠気《おとこぎ》があるってことになるんでしょうけど」

「鶴丸さんを操《あやつ》ってた人物が貴金属詐欺で儲《もう》けた金を持って消えちゃったら、ママは内縁の夫を喰わせていかなくてはならなくなるな」

「彼を見捨てる気はないけど、そうしてあげられるかな。わたし、自信ないわ」

「参謀格だった古沢さんは四十代半ばだから、出所しても働き口は見つかりそうだな。しかし、鶴丸さんはもう五十二歳だ。五十代になると、求人数がぐっと少なくなる」

「そうみたいですね」

「仕事が見つからなかったら、ママが鶴丸さんの面倒を見なきゃならない」

「きついな。この店は常連さんで保《も》ってますけど、それほど儲かってないんですよ。鶴丸を養っていけるかな。無理でしょうね。どうしよう？」

志穂が困惑顔になった。

「ママ、鶴丸さんに手紙を書いて黒幕が誰なのか教えてもらったら？　いや、そんなことをしても無駄だな。真の主犯のことはママにも話さないだろう」

「でしょうね」

「おれが力になりますよ。黒幕を突きとめて、鶴丸さんの取り分を先にママが貰っとかないと、大金を持ち逃げされちゃいそうだな」

「そうなったら、鶴丸はただ利用されただけになるのね。あなたに力になっていただこうかしら？」

「協力しますよ。服役中、鶴丸さんによくしてもらったんだ。申し遅れたけど、おれ、佐《さ》伯《えき》です。佐伯修介《しゅうすけ》って言うんだ」

真崎は偽名を使った。

「わたしは稲葉志穂です。きょうは、もう店を閉めちゃうわ」

「いいのかな?」

「常連の方たちが次々に見えても、四万そこそこの売上にしかならないの。鶴丸が身替《みがわ》り主犯だったら、首謀者に渡ったと思われる大金の一部を先に代理で受け取りたいわ。相手が渋ったら、警察に密告してやると言って……」

「ママは意外に度胸があるんだな」

「そうでもないんですけど、鶴丸が利用されただけかと考えると、なんか癪《しゃく》でしょ?」

「そうだよね」

「ちょっと待ってて」

志穂が椅子から立ち上がった。

店の外に出て、軒灯を取り込んだ。電源が切られる。志穂はシャッターを下ろし、店内の照明を半分落とした。

「佐伯さん、奥の小上がりでじっくり作戦を練りましょうよ」

「そうするか」

真崎は素木のカウンターから離れ、最も奥の小上がりに向かった。座卓に向かうと、志穂がビールと肴を運んできた。

「焼酎《しょうちゅう》のロックに切り替えません？　わたしも飲みます」

「いいね」

「鰻《うなぎ》の白焼きと鱧《はも》の梅和《あ》えもお持ちしますので、ビールを空けちゃってください」

「そうするか」

真崎はビールを呷《あお》り、煙草《たばこ》に火を点けた。探りを入れやすくなった。真崎はほくそ笑《え》み、ゆったりと紫煙をくゆらせた。
六、七分待つと、志穂が新たなアルコールとつまみを運んできた。
二人は向かい合って、麦焼酎のロックを傾けはじめた。女坐りをした志穂は妙に色っぽかった。やや肉厚な唇が官能的だ。

真崎は肴を口に運びながら、志穂にハイピッチで飲ませた。

「わたしばかりに飲ませて、なんだか狡《ずる》いわ。あなたも飲んでください」

「おれはスロースターターなんだよ。勘定《かんじょう》はちゃんと払うから、どんどん飲《や》ってくれないか」

「佐伯さんからお金はいただけません。今夜は好きなだけ飲んでください。酔っ払ったら、二階に泊めてあげますので」

「ママ、そういう冗談はまずいよ。そんなことを言われたら、妙な気持ちになっちゃうじゃないか。妙なことをして、世話になった鶴丸さんを裏切ったりしたら、人の道を外したことになる」

「鶴丸が怕《こわ》い？」

「怕いとかじゃなく、人としてやってはいけないことがあるじゃないか」

「案外、真面目《まじめ》なのね。鶴丸が服役してから、わたし、ひとりで懸命に店の営業をしてきたんです。内縁の夫が刑務所にいることを知った常連客のひとりが、さっそく言い寄ってきたわ。その彼は不動産会社の社長だから、鶴丸が出所するまで月に百五十万の手当を出してもいいと囁《ささや》いたの」

「それで？」

「金で女なんかどうにでもできると考えてる男は、わたし、大っ嫌いなんですよ。だからね、相手を睨《にら》みつけて出禁《できん》を言い渡してやったの」

「その男、すんなり引き下がった？」

「ううん。いろいろお為《ため》ごかしを言いはじめたんで、わたし、その男の顔にまともに粗塩《あらじお》をぶつけてやったの。そうしたら、すごすごと店から出ていきました。それから、二度とやってこなくなったの。いい気味だわ」

「凜《りん》とした女性は魅力があるね。おれ、そういうタイプは好きだな」

「そう。わたしを口説《くど》こうとしたのは、その男性だけじゃなかった。出入りの酒屋のご主人にも、温泉に行かないかって誘われたんです。もちろん、断ったわ」

「鶴丸さんに惚《ほ》れてるんだろうな」

「二十代のころは、確かに彼の包容力が頼もしかったわ。わたし、幼いころに父親と死別してるんですよ。そのせいか、十六歳年上の鶴丸に交際を申し込まれても少しも厭《いや》だと思わなかったの」

「そのころ、ママは何をしてたの？」

「銀座の割烹店で女料理人として働いてました。鶴丸が店によく来てたんですよ。創作料理の出来をお客さんにうかがう仕来《しきた》りがあったんだけど、必ず誉《ほ》めてくれるのは鶴丸だけだったわ」

「そんなことで、鶴丸さんと交際するようになったわけか」

「ええ、そうなんですよ。彼がこの店を持たせてくれた八年前から、二階で同棲するようになったの」

「そう」

「鶴丸が真っ当な仕事をしてないことは一緒に暮らしてるうちにわかってきたわ。でも、別れようとはしませんでした。仮出所する日まで、もちろん待ちつづけるわ。でもね、ひとりで待ちつづけてると、なんだか心細くなることもあるの。それから……」

「それから？」

「はしたないと思われそうだから、やめときます」

「言いかけたんだから、言ってよ」

「なら、思い切って言ってしまうわ。男性の肌が恋しくて、眠れなくなる夜もあるんですよ。鶴丸が服役中に誰かと駆け落ちなんかはしないけど、内緒でワンナイトラブぐらいは……」

「一夜限りの遊びなら、別に問題ないんじゃないかな。ママだって、生身《なまみ》の女性なんだからさ」

「そんなふうにけしかけられたら、わたし、いけない女になりそうだわ」

志穂がグラスを空け、氷を入れた。真崎は麦焼酎をたっぷりと注いだ。

「わたしを酔わせるつもり？　酔っ払ったら、ひとりにしないでって佐伯さんに縋《すが》りついちゃうかもしれませんよ」

「ママにそんなことされたら、おれ、人の道を外しそうだな」

「本当に？」

「ああ」

「二人だけの秘密にしておけば、わたしもあなたも鶴丸を裏切ったことにはならないでしょ？」

「大胆なことを言うね。よし、飲もう！」

「ええ、飲みましょう。あなたも、ぐっと空《あ》けてほしいわ」

志穂が麦焼酎のボトルを掴み上げ、真崎のグラスになみなみと注いだ。真崎はグラスを一気に半分ほど空けた。

差しつ差されつしているうちに、ボトルが空になった。

「新しいボトルを持ってきますので、もっと飲んで。わたし、帯が苦しくなったから、洋服に着替えてきます」

「このぐらいにして、肝心《かんじん》な話をしないか」

「夜は長いのよ。もっと飲みましょう。ね、いいでしょ？　お願い！」

志穂は少女のように両手を合わせると、小上がりから降りた。新しいボトルを座卓に置き、階段に足を向けた。

真崎は腕時計を見た。

いつの間にか、午後九時を過ぎていた。セブンスターを喫《す》いながら、志穂を待つ。

志穂が階下に降りてきたのは十数分後だった。紺色のブラウスに、下は白っぽいフレアスカートだ。似合っていた。

「胡坐《あぐら》をかいても平気なように、フレアのスカートを穿《は》いてきたわ。佐伯さん、とことん飲みましょうよ。たまには、へべれけになってもいいでしょ？」

「異議なし！」

真崎はおどけて言い、志穂を小上がりに引っ張り上げた。

そのとき、胸の谷間を覗《のぞ》く恰好《かっこう》になった。豊満な乳房は、ほとんど張りを失っていない。まだ子供を産んだことがないからだろう。

「肴が足りなくなったら、すぐに何か作るわ。佐伯さん、飲みましょうよ」

「ああ、そうしよう」

二人は、また酌《く》み交わしはじめた。

頃合を計って、真崎はまたもや鎌をかけた。

「鶴丸さんは渋谷の宮下公園の際《きわ》に住みついてるホームレスたちによく差し入れをしてたみたいだね、逮捕されるまで」

「そうなの。それは知らなかったわ。なんでそんなことをしてたのかしら？　わたし、見当もつかないわ」

「昔、鶴丸さんは路上生活してる者に何かで救《たす》けられたことがあるんじゃないのかな。その人物はもう宮下公園の周辺から姿を消してしまったんだろうが、恩返しのつもりで長く住みつづけてるホームレスに食べ物や缶ジュースを差し入れてたのかもしれない」

「そうなのかしらね」

「鶴丸さんは自称繁田という六十年配のホームレスのことを気にかけてたみたいだね。シゲさんと仲間に呼ばれてたそうだが、いまはもう宮下公園のハウスにはいないようなんだ。鶴丸さんが逮捕された後、忽然《こつぜん》と姿をくらましたみたいなんだよ」

「なぜ、急にいなくなったのかしら？」

志穂が小首《こくび》を傾《かし》げた。

「別に根拠があるわけではないんだが、シゲさんと呼ばれてた六十絡《がら》みのホームレスは貴金属詐欺事件の本当の首謀者なんじゃないのかな」

「待ってちょうだい。鶴丸を背後で操《あやつ》ってた人物がホームレスだなんて、まるでリアリティーがないでしょ？　黒幕が路上生活しなければならない理由がある？」

「黒幕は何かで身を隠す必要があったんじゃないかな。たとえば、債権者たちから逃げ回ってたとも考えられる。あるいは、凶悪犯罪の被疑者として警察に追われてたんじゃないだろうか」

「そういうことがあったとすれば、ホームレスになりすましてたとも考えられるわね」

「謎の六十年配のホームレスは、鶴丸さんが捕まってから慌《あわ》ただしく渋谷から遠ざかったみたいなんだよ。そのことから、おれはそのホームレスが貴金属詐欺事件の真の主犯ではないかと推測したわけなんだ」

「確かに鶴丸が逮捕されてから間もなく消えたのは、ちょっと引っかかるわね。ただの偶然だったんでなければ、あなたが言ったみたいに疑わしいわ」

「そうだろう？　繁田と自称した六十男の本名は〝岡田〟かもしれないんだ」

「そんなことまで、どうして佐伯さんがわかるの？」

「実は、昼間、おれは宮下公園の横の区道に住みついてるホームレスたちに会ってきたんだよ」

真崎は経過を話した。

「自分の苗字を誰かが口にしたら、反射的に振り返るでしょうね。シゲさんと呼ばれてた六十年配のホームレスの本名は〝岡田〟なのかもしれないな。ええ、そう思ってもよさそうね」

「鶴丸さんの知り合いに岡田姓の男はいない？」

「多分、いないいんじゃないいかな。彼のスマホのアドレス帳に岡田姓の登録はなかったはずだから」

「そう」

「なんだか急に酔いが回ってきたわ。ちょっと横になりたいんだけど、体がふらつきそうなの。悪いんだけど、わたしを背負って二階まで上がってもらえる？」

志穂が息を弾《はず》ませながら、苦しそうに訴えた。

すぐに真崎は小上がりから滑り降り、志穂の近くで身を屈《かが》めた。志穂が腰を上げ、真崎におぶさった。乳房はラバーボールのような感触だった。

真崎は腰を伸ばし、奥にある階段に向かった。

2

二階に達した。

居室《きょしつ》は二部屋あった。ダイニングキッチンを挟んで振り分けになっていた。トイレと浴室も備わっている。

「どっちの部屋に運べばいいのかな」

真崎は、背負っている志穂に問いかけた。

「ダイニングキッチンの向こう側が寝室になってるの。そっちまで……」

「わかった」

「迷惑かけて、ごめんなさいね。お酒には強いほうなんだけど、今夜はすっかり酔ってしまったわ」

志穂の熱い息が、真崎の首と耳にかかった。ぞくりとした。

真崎は廊下をたどり、奥の和室に足を踏み入れた。八畳間だった。ほぼ中央に夜具が延べられている。

常夜灯が点いていた。寝室は仄暗《ほのぐら》い。

真崎は畳に膝をつき、夏掛け蒲団《ぶとん》をはぐった。それから、志穂を優しく寝具の上に横たわらせる。仰向《あおむ》けだった。

「だいぶ酔ってるようだから、しばらく寝《やす》むといいよ。おれは引き揚げて、明日、また来よう。三万円ぐらい置いていけばいいかな？」

「帰らないでちょうだい」

「しかし……」

「抱いて！」

「本気なのか？」

「もちろんよ。鶴丸とは別れるわ。彼の黒幕から口止め料をたっぷりせしめて、二人で駆け落ちしましょう。わたし、あなたに一目惚れしてしまったの。飽《あ》きたら、棄《す》ててもいいわ。それまで一緒にいてほしいのよ。わたしじゃ、不満？」

「そんなことはないが……」

「だったら、常夜灯を消して」

志穂の声には、恥じらいがにじんでいた。

罠《わな》かもしれない。真崎はそう感じながらも、据《す》え膳《ぜん》を喰ってみる気になった。立ち上がって、常夜灯を消す。

寝室が暗くなった。志穂が暗がりの底で、手早く全裸になった。熟《う》れた体が悩ましい。妻の顔が脳裏《のうり》を掠《かす》めた。後ろめたさを覚えたが、すでに欲情は膨《ふく》らんでいた。

真崎は上着を脱ぎ捨て、志穂の上に覆《おお》い被《かぶ》さった。それを待っていたように、志穂がせっかちに唇を求めてきた。

二人は鳥のように唇をついばみ合ってから、舌を深く絡めた。生温かい舌が官能を煽《あお》る。真崎はディープキスをしながら、志穂の柔肌を愛撫しはじめた。乳房をまさぐり、ひとしきり痼《しこ》った乳首を刺激する。

志穂の喘《あえ》ぎは、なまめかしい呻《うめ》き声に変わった。真崎はなだらかな下腹に指を這《は》わせ、ほどよく繁った和毛《にこげ》を五指で梳《す》きはじめた。掻《か》き上げ、ぷっくりとした恥丘を撫《な》でつける。

志穂が切なげな声を洩《も》らしながら、真崎の長袖シャツの前ボタンを外した。馴《な》れた手つきだった。真崎は秘めやかな部分の周辺に指を滑《すべ》らせてから、合わせ目を下から捌《さば》いた。指先が熱い潤《うる》みに塗《まみ》れた。

「とっても感じるわ」

志穂が甘やかな声で言い、腰を迫《せ》り上げた。次の愛撫を促《うなが》したのだろう。

真崎は蜜液を二枚の花びらの内側に塗り拡《ひろ》げ、尖《とが》った陰核《クリトリス》に触れた。揺さぶり、指の腹で圧《お》し転がす。芯《しん》の塊《かたまり》はころころと動いた。

「わたし、指だけで先に……」

志穂が裸身を徐々に強張《こわば》らせた。真崎は右手の親指でクリトリスを弄《もてあそ》びながら、襞《ひだ》の奥に中指を潜《くぐ》らせた。内奥《ないおう》は濡れそぼっていたが、少しも緩《ゆる》みはない。

「本当に久しぶりだったようだね」

真崎はゆっくりと指を引き抜いた。ぬめりを帯びている。枕元にあったティッシュペーパーの箱を引き寄せ、指先を拭《ぬぐ》う。

そのすぐ後だった。

寝室の電灯が点いた。やはり、罠だったか。真崎は自嘲《じちょう》して、すぐに身構えた。志穂が上体を起こし、薄い掛け蒲団で素肌を隠す。

「やってくれるな。そっちは、自称繁田というホームレスを知ってたんだなっ」

真崎は志穂に顔を向けた。

「ええ」

「本名岡田という六十年配の男が鶴丸隆太郎を背後で動かしてたんだろ?」

「すぐにわかるわよ」

志穂が薄く笑った。

そのとき、角刈りの男が寝室に躍《おど》り込んできた。三十七、八歳だろうか。銃身を短く切り詰めた散弾銃《ショットガン》を持っていた。アメリカ製のイサカM37だった。

「鶴丸の黒幕の手下のようだな」

真崎は相手を睨《ね》めつけた。

「おまえこそ、何者なんだっ。従妹《いとこ》には鶴丸さんの刑務所仲間と言ったそうだが、それは嘘だろうが！」

「そっちはママの従兄なのか？」

「ああ、そうだ。同じ荒木町で、おれはスタンド割烹をやってる。いまは休業中だがな。親父《おやじ》の妹が志穂の母親なんだよ」

「そういうことか」

「志穂は二階で着替えをしたとき、おれのスマホに電話をしてきて、怪しい男が店にいると言ったんだ。おまえ、親父の隠れ家《が》を突きとめて殺す気なんじゃないのかっ。正直に答えないと、頭をミンチにするからな」

男がショットガンの銃口を真崎の顔に向けた。

「こんな所でぶっ放したら、すぐにパトカーがやってくるぞ。おれは本当に府中刑務所の木工班で鶴丸さんと一緒だったんだ」

「おれは警察に捕まってもいい。その前に、親父の仕返しをしてやる。おまえは脇坂《わきさか》に頼まれて、おれの父親の行方《ゆくえ》を追ってるんだろっ」

「脇坂って、誰なんだ？」

「とぼけやがって！　運転免許証は上着の内ポケットに入ってるのか？」

「いや、携帯していない」

「動くなよ。おれが、おまえの上着のポケットを検《しら》べてみる」

「本当に持ってないって」

真崎は夜具の向こうの自分のジャケットを素早く引き寄せ、左腕を志穂のほっそりした首に回した。チョーク・スリーパーという絞め技をかけたのである。男が焦って、声を張った。

「志穂から離れないと、おまえを撃つぞ」

「引き金を絞る前に、従妹が死んでもいいのか。え？」

「くそっ」

「イサカを足許に置いて、ゆっくり退《さ》がるんだ」

「志穂から離れろーっ」

「そうはいかない。大事な弾除《たまよ》けだからな」

「女を楯《たて》にするなんて卑怯《ひきょう》じゃないかっ」

「そっちの従妹は、おれを色仕掛けで嵌《は》めた。悪女に情《なさ》けをかける気はない」

真崎は言い返し、志穂の喉を強く圧迫した。もう少し腕に力を込めれば、志穂は気を失うはずだ。さらに力を加えたら、死ぬことになるだろう。

「わたし、し、死にたくない。力哉《りきや》ちゃん、言われた通りにして！」

志穂が聞き取りにくい声で、従兄に哀願した。

力哉と呼ばれた男が舌打ちして、散弾銃を畳の上に置いた。それから、忌々《いまいま》しげな表情で二メートルあまり後退した。

真崎は志穂を横に倒し、銃身が短いイサカを摑み上げた。割に重い。

弾倉には実包《じっぽう》が二発装塡《そうてん》されていた。真崎は上着に袖《そで》を通してから、角刈りの男を畳の上に腹這《はらば》いにさせた。志穂を摑み起こし、銃口を向ける。

「あなた、本当に脇坂の回し者じゃないの？」

「ああ」

「でも、鶴丸の刑務所仲間だというのは嘘よね」

「好きに考えてくれ。そこに這ってる従兄は、岡田という姓だな？」

真崎は志穂を見据えた。

「ええ、そうよ」

「岡田力哉の父親は、脇坂という奴に何か恨みがあったようだな。そうなんだろうが？」

「志穂、何も言うな。そいつは脇坂の回し者のくせに、空とぼけてるんだと思う」

岡田力哉が叫ぶように言った。

「力哉ちゃん、そうじゃないみたいよ」

「いや、わからないぞ」

「そっちは黙ってろ」

真崎は岡田に凄み、目顔で志穂を促《うなが》した。

「母方の伯父の岡田努《つとむ》は上野で『宝栄堂《ほうえいどう》』という貴金属店を経営してたの。真っ当な商売をしてたんだけど、伯父には若い愛人がいたのよ。その愛人に手当を渡すため、売上を圧縮したり、脱税もしてた。そのことを故買屋グループのボスの脇坂誠次《せいじ》に知られて、盗んだ宝飾品を買い取らされるようになったの。それで信用を失って、伯父の店は廃業に追い込まれてしまったのよ」

「そういう恨みがあるんで、そっちの伯父は脇坂に報復したのか」

「ええ、そうよ。伯父は夜道で脇坂の腹部と太腿をナイフで刺して逃げたの。三年数カ月前のことよ」

「そういうことだったのか」

「志穂、後《あと》はおれが話す」

岡田力哉が言って、半身を起こした。真崎は志穂の従兄にイサカの銃口を向けた。

「脇坂は盗品を売り捌《さば》いてるんで、警察は呼ばなかったんだ。知り合いの外科医に傷口の縫合《ほうごう》手術をしてもらったんだよ。脇坂は裏社会の連中を使って、おれの親父を生け捕りにする気になったんだ」

「そっちの父親はあちこち逃げ回ったまま、渋谷でホームレスになりすまして追っ手の目を晦《くら》ますことを思いついたわけか」

「そうだ。おたく、本当に脇坂の回し者じゃないのかよ?」

「おれは犯罪ジャーナリストだ。貴金属詐欺事件を調べてるうちに、『創生貴金属』というゴーストカンパニーを仕切ってた鶴丸隆太郎はダミーの首謀者だと疑うようになったんだよ。それで、黒幕捜しをはじめたわけさ。そっちの父親の岡田努は鶴丸や古沢を使って、〝押し買い〟で十億近く儲《もう》けてたんだなっ」

「それは……」

岡田は口ごもった。

「父親を庇いたい気持ちはわかるが、もう悪あがきはやめろ」

「親父は上野の『宝栄堂』を潰《つぶ》してから、借金をして飲食店の経営に乗り出したんだが、うまくいかなかった。柿《かき》の木坂《きざか》にある自宅を売却しても、借金をきれいにはできなかったんだ。親父はおふくろとリースマンションを転々としてたんだが、脇坂に雇われた追っ手と取り立て屋の影から逃れることはできなかった」

「だろうな」

「親父は、とりあえず負債をなくしたいと考え……」

「金やプラチナを安く買い叩き、ダイヤ、サファイア、ルビーなんかを査定してあげると偽《いつわ》って騙し取る違法ビジネスに手を染める気になったわけか。しかし、自分が汚れ役まで堕《お》ちたくはなかった。で、鶴丸をダミーの主犯にしたようだな?」

「その通りだよ。昔、鶴丸さんは『宝栄堂』で働いてたんだ。金に詰まってたみたいで、すぐに親父に協力する気になったんだろうな」

「ダーティー・ビジネスで荒稼ぎしたんで、岡田努の借金は返せたんだろう？」

「そう。しかし、脇坂は闇社会の者に親父の潜伏先をずっと捜させてた。おふくろは一緒に逃げ回ってるうちに体調を崩してしまったんで、知人宅に預けて自分は路上生活者の中に潜《もぐ》り込んだんだよ。生活費には困らなかったんだが、ホームレス仲間に怪しまれるのはまずいんで……」

「アルミ缶や雑誌類を拾い集めてたんだな？」

「そうみたいだね」

「鶴丸が宮下公園の周辺をよく訪ねてたのは、黒幕にダーティー・ビジネスのことを報告するためだったんだな」

「だと思うよ」

「そのうち父親は鶴丸たち一味が逮捕されたんで、少し様子を見てから渋谷から消えたんだろう？」

「ああ、そうだよ。親父は鶴丸さんに首謀者を庇い通してくれれば、仮出所時に二億円を払うという誓約書を認《したた》めたんだ。鶴丸さんの片腕だった古沢には一億払うことになってる」

「力哉ちゃんの話は本当よ。伯父が書いた誓約書はわたしが預かってるの」

志穂が言った。

「その誓約書は後で見せてもらう。その前に服を着てくれ」

「あなた、伯父のことを警察に売る気なんじゃないの？　それは困るのよ。そうなったら、伯父は逮捕されちゃうし、鶴丸も仮出所にはならないと思うわ。刑期一杯まで刑務所暮らしになるでしょうね」

「自業自得だな」

「伯父に頼んで五千万ぐらいの謝礼というか、協力金を出してもらうわよ」

「世の中には銭に弱い連中が多いが、見くびるな。おれは、そんな奴らとは違う」

「力哉ちゃんもお願いしてよ」

「いいから、早く服を着ろ！」

真崎は声を荒らげた。

志穂が竦《すく》み上がり、黙ってランジェリーと衣服をまとった。岡田が長嘆息《ちょうたんそく》した。

「『創生貴金属』でアルバイトをしてたシングルマザーが詐欺の片棒を担《かつ》いで書類送検されたことを苦にして、二歳の息子を道連れにして無理心中をしたんだ。シングルマザーは三好百合という名なんだが、聞き覚えはないか？」

真崎は岡田に訊いた。

「親父から、そんな話は聞いたことないな」

「そうか。三好百合を母子心中に追い込んだ悪人を暴《あば》こうとしたシングルマザー仲間がいるんだよ。戸部由起という名で、介護の仕事をしてた。その彼女は鶴丸の背後に詐欺事件の首謀者がいると睨《にら》んだようで、宮下公園の横に住みついてるホームレスたちから情報を集めてたことがわかったんだよ。戸部由起は事件の黒幕が赦《ゆる》せなかったんだろう」

「それがどうだと言うんだ？」

「戸部由起は海水浴場の近くで二人組の男に拉致され、三鷹市内の雑木林で殺害されたんだよ。絞殺だった。かわいそうに、ひとり娘はまだ四歳なんだ。鶴丸と古沢は服役中だから、絞殺事件に関与してないだろう」

「おれの親父が二人組を雇って、戸部とかいうシングルマザーを殺《や》らせたと疑ってるのか⁉」

「消去法で考えると、岡田努が怪しくなるんだ」

「借金が重いんで、親父は違法ビジネスで荒稼ぎした。そのことは認めるよ。でもな、邪魔者を誰かに始末させるような冷血漢じゃない。おれの父親は、どんな殺人事件にもタッチしていない」

「力哉ちゃんの言うように、伯父はそんな悪党じゃないわよ」

志穂が話に加わった。

「そっちは口を挟むな」

「でも……」

「おれを怒らせたいのかっ」

真崎は散弾銃の銃身を振った。志穂が怯《おび》え、下を向く。

「岡田努の潜伏先を教えてもらおうか」

「親父を直《じか》に強請《ゆす》る気なんだな」

「おれは強請屋《ゆすりや》じゃないと言ったはずだ」

「カッコいいことを言ってても、金の嫌いな人間はいない。隠れ家は教えないぞ」

岡田が口を真一文字に結んだ。

真崎は前に踏み込んで、岡田の鳩尾《みぞおち》のあたりに鋭い蹴りを入れた。岡田が両手で腹を押さえながら、横倒しに転がった。

真崎はイサカの銃把《グリップ》の底を岡田のこめかみに押し当て、左右に動かした。岡田が動物じみた唸《うな》り声を発した。真崎はグリップの底を岡田の脇腹に移し、両腕に力を込めた。

岡田が苦しげに呻いた。真崎は少し力を緩《ゆる》め、今度は肋骨を蹴った。岡田が胎児のように体を丸めて、長く唸った。

「荒っぽいことはもうやめて！　伯父はこの近くのアパートに偽名で住んでるの」

「岡田努は携帯電話か、スマホを持ってるな？」

真崎は志穂に訊いた。

「わたしの名義で購入したスマホを伯父に使ってもらってるの」

「そうか。伯父貴《おじき》に折り入って相談があると言って、すぐに店に来るように言うんだ。おれの命令に従わなかったら、そっちの従兄はもう少し痛い思いをすることになるぞ」

「言われた通りにするわ。わたしのスマホはダイニングキッチンに置いてあるの。取りに行ってもいいでしょ?」

「ああ。この部屋から、岡田努に電話をするんだ。いいな?」

「わかったわ」

志穂が寝室を出る。待つほどもなくダイニングキッチンから戻り、伯父に電話をかけた。真崎は耳をそばだてた。

志穂がもっともらしいことを言って、通話を切り上げた。岡田努はすぐに『しほ』に来るようだ。

真崎はイサカで岡田力哉と稲葉志穂を威《おど》しながら、階下に下《くだ》らせた。二人を奥の小上がりに坐《すわ》らせ、シャッターの潜《くぐ》り戸の内錠《うちかぎ》を外す。

「岡田努を逃がそうとしたら、イサカの引き金を絞るぞ」

真崎は志穂たちに言ってシャッターの端にへばりついた。
七、八分が流れたころ、潜り戸が押し開けられた。店内に入ってきたのは、六十三、四歳の男だった。岡田努だろう。

「力哉も一緒か。何か深刻な相談でもあるのかな」

男はそう言いながら、奥に向かった。真崎は抜き足で男に迫り、散弾銃の銃口を背中に突きつけた。

「止まれ！　岡田努だな」

「そうだが、おたくは誰なんだ？」

「故買屋の脇坂の回し者じゃないから、ひとまず安心してくれ」

「いったい何者なんだ⁉」

「警視庁の者だ」

「な、なんだって⁉」

岡田努が声を裏返らせた。奥にいる志穂たちも驚きの声をあげた。

「あんたが鶴丸や古沢にやらせた詐欺事案を担当してるわけじゃない。絞殺されたシングルマザーの事件を個人的に調べてるんだよ。つまり、隠れ捜査だな。被害者の名は戸部由起だ。思い当たることがあるんじゃないのか？」

「ない、ないよ。わたしが鶴丸にやらせた違法ビジネスについては、全面的に罪を認める。だが、どんな殺人事件にもわたしは関わっていない。嘘じゃないよ。信じてくれないか」

「戸部由起は鶴丸の背後に黒幕がいると推測したらしく、殺される前に調べ回ってたんだ。そして、貴金属詐欺グループの親玉があんたと見抜いたかもしれないんだよ」

「そうだったら、見当違いだな。わたしは誰にも殺人を依頼したことはない。もう逃げ回ることに疲れたから、わたしを逮捕して調べればいい。ああ、そうしてくれないか」

「いま、別働隊のメンバーを呼ぶ。ゆっくり両膝をついて、両手を頭の上で重ねるんだ」

真崎は散弾銃を左手だけで持ち、右手で懐《ふところ》の刑事用携帯電話《ポリスモード》を探った。

3

簡易留置場の前で足を止める。

別働隊のアジトだ。真崎は鉄格子の向こうを覗いた。

岡田努は壁に凭《もた》れて坐り、目を閉じている。緊急逮捕した翌日の午後二時過ぎだ。

真崎は別働隊のメンバーが『しほ』に到着する前、岡田力哉と稲葉志穂の二人を逃がした。銃刀法違反と公務執行妨害容疑で二人を別働隊に引き渡すこともできたが、自分の反則行為を暴かれる恐れもあった。

特に上昇志向はないが、面倒なことは避けたかった。そんなことで、真崎は志穂たちの犯罪には目をつぶる気になったわけだ。

　別働隊の片桐隊長の話によると、岡田努は午前中の取り調べで詐欺教唆《きょうさ》と傷害の事実を素直に認めたらしい。汚れた金の隠し場所も自供したそうだ。

「全面自供したんで、気持ちが楽になったんじゃないか」

　真崎は岡田に声をかけた。岡田が立ち上がって、鉄格子に寄ってきた。

「伜《せがれ》と姪《めい》は見逃してくれたんですね。二人はまだ三十代です。犯罪者のレッテルを貼られたら、生きづらくなったでしょう。温情をかけていただいて、とても感謝しています。ありがとうございました」

「別に温情をかけたわけじゃない。こっちも少し荒っぽいことをしたし、ハニートラップに引っかかりそうになった。それが表沙汰《おもてざた》になったら、立場が悪くなるからな。礼には及ばない」

「そうだとしても……」

「別働隊の調べで、あんたが戸部由起の事件には関与してないことがはっきりした。こっちの読みは外れてたわけだ。殺人教唆の嫌疑をかけたりして、悪かったね。勘弁してくれないか」

「疑われても仕方ありませんよ。殺されたシングルマザーは、鶴丸が貴金属詐欺の本当の主犯ではないと睨んで調べてたようですからね。わたしが疑われても……」

「しかし、こっちまで早合点《はやがてん》してしまった。その結果、不快な思いをさせたことは反省してる。申し訳ない」

「いいんですよ、そのことは。それより、故買屋の脇坂誠次はわたしに盗品を売りつけたことはないし、ナイフで刺された覚えもないと言い張ってるそうですね？」

「そう聞いてる」

「とんでもない悪党だな。脇坂がわたしの人生を駄目にしたんです。女性問題と脱税のことで脇坂の脅迫に屈してしまったこちらもいけませんが、あの男は性根《しょうね》まで腐ってますよ。脇坂の犯罪を立件して、あいつも刑務所に送ってください。お願いします」

「別働隊が複数の所轄と協力して、脇坂を地検送致してくれるだろう」

「ぜひ、そうしてください。脇坂は若く見えますが、もう七十近いんです。刑務所暮らしはこたえるでしょう。いい気味だ」

「脇坂に『宝栄堂』を潰されたようなものでしょうが、男の平均寿命は八十一歳を超えてます。生き直してもらいたいな」

真崎は簡易留置場から離れ、片桐隊長のデスクに歩み寄った。

「所轄署に協力してもらって、脇坂誠次も必ず起訴に持ち込みますよ」

片桐が先に口を開いた。

「よろしくお願いします。非公式な捜査で別働隊の方たちに動いていただき、感謝しています」

「真崎さんの個人的な協力要請でしたが、貴金属詐欺事件の首謀者が明らかになったんです。脇坂の脅迫罪も立件できるはずです。税金を無駄に遣《つか》ったわけではありませんから、たとえ個人的な捜査が上層部に知られても、特に文句は言われないでしょう。それどころか、逆に誉《ほ》められるかもしれませんよ」

「さあ、それはどうですかね。何か問題になったときは、こっちが全責任を負います。別働隊に刑事部長の特命だと嘘をついて、メンバーに支援をしてもらったと言いますんで、話を合わせてくださいね。頼みます」

真崎は軽く頭を下げ、片桐に背を向けた。居合わせたメンバーたちを目顔で犒《ねぎら》って、別働隊の刑事部屋を出る。

真崎は機械室を回り込み、エレベーターで地下三階に上がった。マイカーのアテンザに乗り込んで、本庁舎を出る。

官庁街を抜けたとき、私用のスマートフォンが上着の内ポケットで振動した。真崎は車をガードレールに寄せ、ディスプレイを見た。電話をかけてきたのは妻だった。

「翔太とシャボン玉を飛ばしてた陽菜ちゃんが、急に泣きだしたのよ。慌《あわ》てて走り寄って、泣いた理由を聞き出したら、『星になっちゃう前にママの顔を見たいの』って訴えたの」

「そうか」

「それでね、わたし、練馬の戸部さんのお宅に電話をしたの。受話器を取ったのは陽菜ちゃんのお祖父《じい》さんだったんだけど、明日、亡骸《なきがら》を火葬するという話だったのよ。だから、陽菜ちゃんをお母さんの実家に連れていこうと思ってるの。翔太は、陽菜ちゃんに母親の遺体を見せたら、おかしくなっちゃうかもしれないと心配してるのよ。あなたはどう思う?」

「陽菜ちゃんが亡骸と対面したがってるんだったら、そうしたほうがいいな。すごくショックを受けるだろうが、お骨《こつ》を見せるだけでは納得できないだろう」

「そうでしょうね」

「ただ、悲しみが深くて亡骸のそばに長いことといるのは耐えがたいだろう。様子を見て、家に連れ帰って好きなだけ泊めてやろうよ」

「そうね。陽菜ちゃんは翔太と一緒に練馬に行くと言ってるんだけど、葬儀が終わって何日か経《た》ってからじゃないと、うちの子はお邪魔できないでしょ?」

「常識的にはそうなんだが、翔太が一緒でないと、陽菜ちゃんは心細いんだろう」

「多分、そうでしょうね」

「だったら、翔太を同行させてもいいんじゃないか。ただ、戸部宅に泊めてもらうのはまだ早すぎるな。陽菜ちゃんが母親の実家に泊まる気になったら、美玲と翔太は辞去すべきだろう」

「ええ、そうするわ」

「悪いが、頼むな。まだ疑わしい者がいるんで、おれは非公式の捜査を続行したいんだ」

「わかってるわ」

「何か困ったことがあったら、電話をしてくれないか」

真崎は通話を切り上げ、野中のスマートフォンを鳴らした。スリーコールで、電話は繋《つな》がった。

「ちょうどいま、真崎さんに電話しようと思ってたんですよ。鶴丸隆太郎を背後で動かしてた奴がシングルマザーの事件《ヤマ》に関わってたの？」

野中が訊いた。真崎は前夜からの経過を詳しく伝えた。

「そういうことなら、岡田努はシロでしょうね」

「野中、長岡啓子にうまくアプローチできたのか？」

「予定通りでしたよ。弟分が段取り通りに啓子のバッグを引ったくって逃げたんで、おれはたまたま通り合わせたような振りをして奪い返してあげた。バッグの中に大事な物が入ってたらしく、感謝してくれたんです。それで、お礼だと言って紙にくるんだ札を差し出したんですよ。五万は入ってたと思うな」

「固辞するのも筋書きだったんだろう？」

「そう。そうしたら、どうしても食事を奢《おご》らせてほしいと言いだしたんですよ。で、おれはフレンチのフルコースをご馳走《ちそう》になった。勘定が安くなかったんで、今度はこっちが奢り返したいからと大人向けのカクテルバーに誘ったんだ」

「おまえはジョークを連発して、相手の緊張をほぐしてやったんだろう？」

「当たりです。真崎さん、おれたちをこっそり尾《つ》けてたんじゃないの？　いまのは冗談ですけどね。啓子は年下のボーイフレンドと会う約束をしてたんだけど、それをキャンセルして……」

「野中ともっと一緒にいたいと言いだしたようだな」

「そうなんだ。おれは彼女をムードのある酒場に案内して、それとなくプライベートなことを話題にしたんですよ。少し酔ってた啓子は旦那が不倫したことを打ち明け、女心をさんざん傷つけられたと涙ぐんでた」

「長岡啓子は、夫の不倫相手の戸部由起が未婚の母になったことまで喋《しゃべ》ったのか」

「ええ、喋りました。さすがに固有名詞までは口にしなかったけど、夫が不倫相手の子を認知してたことまで問わず語りに教えてくれた」

「戸部由起の職場に出向いて、陽菜ちゃんの養育権を放棄しろと迫ったことは？」

「そのことも喋りましたよ。啓子は夫の不倫相手の娘を引き取って育て上げ、背信の仕返しをしたかったらしいんだ。不倫相手をこの世から抹殺したいと思って、ネットの闇サイトを覗いたこともあったと言ってました。でも、陽菜って子に罪があるわけじゃないから、母親を亡き者にするのは惨《むご》いと考え直したようだね。啓子も子を持つ母親だから、そんなふうに思い直したんでしょうね」

「そうなんだろうな。おまえ、啓子をうまくホテルに連れ込んだんだろう？」

　真崎は言った。

「そうするつもりだったんだけど、旦那に背を向けられた啓子がなんかかわいそうになって、タクシーで三田の家まで送ってやったんです」

「そうだったのか」

「啓子は教育熱心で世間体を気にするタイプみたいだけど、別に性格が悪いわけじゃないと思うな。旦那とは価値観が違ってても、かけがえのない家族と思ってたんだと思います。それなのに、夫は別の女に夢中になってしまった。妻のプライドもあるから、家庭内別居に近い暮らしをせざるを得なかったんでしょうね」

「そうなのかもしれないな。子供がいなければ、旦那とすぐに別れる気になったにちがいない。しかし、息子のことを考えると、簡単に離婚するわけにはいかなかったんだろう」

「おれの心証では、長岡啓子はシロですね。ただ、激情しやすいタイプみたいだから、遊びでつき合ってる男たちのひとりに二人組の実行犯を見つけさせて、戸部由起を殺《や》らせた疑いがゼロとは言い切れないね。あるいは、男友達の誰かが代理殺人を請《う》け負ったとも……」

「野中、念のため、長岡啓子の男友達のことを調べてみてくれないか」

「了解！　真崎さん、長岡宏明が第三者に戸部由起を始末させたとは考えられませんか？」

「長岡宏明が、なぜ戸部由起を片づけなきゃならないんだ？」

「長岡は不倫相手が産んだ娘を快く実子として認知したんですかね。戸部由起はまず子供を実子として認知させて、それを武器にして長岡に妻との離婚を迫ったとは考えられないかな？」

「話をつづけてくれ」

「長岡宏明は離婚して、由起と新たな家庭を築きたいと願ってた。だが、妻は離婚に応じてくれなかった。その上、不倫相手が産んだ陽菜を引き取って育てようとした。啓子は夫に仕返しするつもりだったんでしょうね。そんな厭《いや》がらせをされても、長岡は独身に戻れない事情がある。仮面夫婦を演じながら、公認会計士は地獄のような日々に耐えてる。自分の人生が暗転したのは、由起と出会ってしまったせいだ。運命の女と感じて夢中になった由起を、疫病神《やくびょうがみ》と感じはじめてたとしたら……」

「おれは長岡の事務所を訪ねて、二人だけで話をしてる。そんな女々《めめ》しいことを考える相手には見えなかったな。長岡は誠実な人間だという印象を受けたよ」

「真崎さんがそう感じたんでしたら、啓子の夫はシロなんでしょう。おれ、啓子と飲み喰いしたことで、なんとなく彼女を庇《かば》う気持ちになったのかな」

「女擦《ず》れしてる野中がそんなふうになったんなら、啓子は魔性《ましょう》を秘めてるのかもしれないな。野中、もう少し長岡夫人と周辺の男たちを調べてみてくれ。おれは、被害者の元同僚の折原茂樹の家《ヤサ》に行ってみるよ」

「由起につきまとってた折原も、怪しいことは怪しいですよね」

「きょうは参宮橋の自宅にいるかもしれないんで、とにかく行ってみるよ」

「何かわかったら、すぐに真崎さんに連絡します」

野中が電話を切った。

真崎はスマートフォンを懐に戻すと、車を走らせはじめた。目的のワンルームマンションに着いたのは、およそ三十分後だった。

真崎はアテンザを『エルコート参宮橋』から四十メートルほど離れた路上に駐め、少し歩いた。集合郵便受けを覗くと、三〇三号室のメールボックスは空だった。チラシ広告一枚入っていない。折原は出先から戻っていると考えてもよさそうだ。

真崎は三階に上がって、折原の部屋のインターフォンを鳴らした。

少し待つと、スピーカーから男の声が流れてきた。

「新聞の勧誘だったら、お断りだ。ネットのニュースを必ずチェックしてるんでね」

「折原茂樹さんですか？　わたし、『週刊トピックス』の特約記者の露木《つゆき》といいます。先日、殺害された戸部由起さんについて教えてほしいことがあるんですよ」

「彼女が急死したんで、ショックだったよ。おれは由起にぞっこんだったんでね。ちょっと待ってて」

折原の声が途切《とぎ》れた。

ややあって、ドアが開けられた。

「ちょっとお邪魔しますね。外は暑くて、うだりそうなんで」

真崎は抜け目なく三和土《たたき》に滑り込み、すぐ後ろ手にドアを閉めた。室内は涼しかった。

「ちょっと厚かましいな。ま、いいか。確かに外は暑いからさ」

「それに殺人事件の取材ですんで、ほかの入居者に聞かれたくないこともあるでしょうからね」

「別に聞かれて困るようなことはないけど、ドアを開けっ放しにしておくと、冷気が抜けちゃうからな」

「そうですね。長居はしませんよ。以前、折原さんが『セジュール成城』で介護の仕事をされてたことは調べさせてもらいました。職場でシングルマザーだった戸部由起さんと知り合ったんでしょ？」

「そう。未婚の母だと知って驚いたけど、おれはたちまちハートを射抜《いぬ》かれた。連れ子がいても、由起と結婚したくなったんだ。で、おれは好きだって告白したんだよ」

「戸部さんの反応はどうだったんです？」

「嬉しそうだったよ。でも、子育てで精一杯なんで恋愛する余裕はないと言ってた。だけど、おれのことを嫌ってはない感じだったな」

「それで、折原さんは猛アタックしはじめたようですね？」

「そうだったな。子連れデートでもかまわないと誘ったら、少し返事を待ってくれって言われたんだ。恋愛は、押しだよね。だから、おれは言い寄りつづけた。ストーカーみたいだけどさ、仕事を辞《や》めてからも由起をよく待ち伏せしたな。それでも、なかなかイエスとは言ってもらえなかったんだ。それだから、もっと情熱を見せて熱い想いをわかってもらいたかったんだよ」

「しかし、それは逆効果だったんじゃないんですか。戸部由起さんが折原さんに言い寄られて迷惑してたという証言があるんです」

「由起は子持ちの自分がおれに言い寄られてることが照れ臭くて、周囲の連中にはそんな言い方をしてたんだろうな。本心は嬉しかったにちがいない」

「そうだったのかな。戸部さんは、あなたにまつわりつかれて恐怖を覚えてたのかもしれませんよ」

「誰がそんなことを言ってるんだっ」

　折原が表情を強張らせた。

「ニュースソースを教えることはできませんが、取材でそうした証言を得たことは事実です。あなたが短気だという話も聞いてます」

「ま、気は長いほうじゃないね。それは認めるよ。だからって、なかなか子連れデートに応じてくれない由起に腹を立てたりなんかしない。少し時間はかかるだろうが、彼女はおれと再婚する気持ちになると思ってたからね」

「自信があったわけだ」

「うん、まあ。由起は言葉では好きと言ったりしなかったけど、おれを見るときの眼差《まなざ》しはいつも熱かったんだ。おれを特別な異性と意識していたことは間違いないよ」

「そうですか。参考までに教えてほしいんですが、折原さんは事件当夜、どこで何をされていました？」

「アリバイ調べか。神奈川県警の捜査一課の刑事たちにも同じ質問をされたけど、由起が殺された夜は札幌《さっぽろ》にいたよ。ホテルの領収証を取っておかなかったら、おれは由起殺しの犯人にされてたのかもしれないな」

「ホテルの領収証、まだ処分してませんよね」

「取ってあるよ。見せてやろうか？」

「できたら、見せていただきたいな」

真崎は言った。折原がうなずき、部屋の奥に向かった。

待つほどもなく部屋の主が戻ってきて、ホテルの領収証を差し出した。名の知れた観光ホテルだった。事件当夜、折原は確かにシングルルームに泊まっている。

真崎は必要なことを手帳に書き留《と》め、ホテルの領収証を折原に返した。

「これで、おれが由起の事件に絡んでないことはわかってくれたよね？」

「別に折原さんを怪しんでたわけじゃないんですよ。戸部さんはいったい誰に殺害されたんでしょう？」

「犯人に見当もつかないよ。由起は優しかったから、誰からも好かれてた」

「そうみたいですね。折原さんは『セジュール成城』を辞めてからタクシー会社に入ったようですが、五カ月ぐらいで退社してますね。その後は定職に就かれてないみたいだな」

「あくせくと働く必要がなくなったんだ。ロト６《シックス》で大きな賞金をゲットしたんだよ」

折原が明かした。だが、キャバクラ嬢から聞いた話とは明らかに違う。どちらが正しいのか。真崎は直感で折原に疑念を懐《いだ》いた。

「もういいよね？」

「出かける予定でもあるんですか」

「そういうわけじゃないが、由起がもうこの世にいないと思うと、涙ぐみそうなんだよ。引き取ってくれないか」

折原が言った。

真崎は礼を述べて、三〇三号室を出た。折原はまるでアリバイを用意していたようだった。自分と背恰好《せかっこう》の似た人間を替え玉にして、札幌市内のホテルに一泊させたのかもしれない。

真崎は自分の車の運転席に坐り込むと、手帳を見つつ札幌のホテルに電話をかけた。警視庁の刑事であることを告げ、事件当日にフロントにいた従業員に電話口に出てもらう。相手に折原の人相を細かく教える。

「その方なら、間違いなく宿泊されました。念のため、録画画像の一部をメールで送ることも可能ですが……」

「お願いします」

「送信先はどちらでしょう?」

フロントマンが問いかけてきた。真崎は私用のスマートフォンのメールアドレスを教えて、ほどなく通話終了ボタンを押した。

写真メールが送信されてきたのは、およそ十分後だった。画像は折原本人に間違いなかった。折原が殺人事件の実行犯でないことは確かだ。だが、誰かに殺人を依頼したとも疑えなくはない。しばらく動きを探ってみる気になった。

真崎は張り込みを開始した。

4

サイレンの音で眠りを破られた。

自宅前の通りを救急車が通り抜けていったのだ。真崎はタオルケットを払い、半身を起こした。二階にある自分の寝室だ。

真崎はサイドテーブルの上に置いた腕時計に目をやった。午後一時半を回っている。帰宅したのは午前三時過ぎだった。

折原は前夜七時過ぎに参宮橋の自宅を出ると、タクシーで六本木《ろっぽんぎ》に向かった。有名な四《し》川《せん》料理店で四十歳前後の男と落ち合い、書類袋を受け取《と》った。

二人は食事を摂ると、近くにあるキャバクラに繰り込んだ。食事代を払ったのは折原だった。

二人の男はキャバクラで一時間半ほど過ごし、クラブに移った。その店で折原はホステスたちの胸の谷間に万札を突っ込み、陽気に騒いだ。

真崎はクラブのフロアマネージャーを店の外に呼び出し、素姓を明かして情報を集めた。

折原たち二人は週に一度は店に来ているらしい。そのたびに数十万円を落としていくという。支払いは常に折原だったそうだ。折原はホステスたちにロト6で大きな賞金を得たと語っていたらしい。

連れの男は本郷一輝《ほんごうかずき》という名で、探偵社を経営しているという。四十一歳で、事務所は西新宿にあるようだ。フロアマネージャーは社名までは知らなかった。

午後十一時四十分ごろにクラブを出た二人はショーパブで仕上げの酒を飲み、午前二時過ぎにおのおのタクシーに乗った。

真崎は折原が自分の塒《ねぐら》に戻ったのを見届けてから、マイカーで帰宅した。リビングのコーヒーテーブルの上には、妻のメモが載《の》っていた。

陽菜は変わり果てた母親と対面し、さめざめと泣いたという。祖父母は孫をすぐにも引き取りたがったが、陽菜は首を横に振りつづけたそうだ。そんなことで、妻は翔太や陽菜と一緒に戻ったと記《しる》してあった。

真崎はセブンスターをくわえた。

折原がロト6で思いがけなく臨時収入を得たという話を鵜呑《うの》みにはできなかった。恐喝《きょうかつ》めいたことで、生計を立てているのではないか。

探偵の本郷を接待していることを考えると、折原は他人の秘密やスキャンダルを恐喝材料にしているのかもしれない。探偵社は不倫カップルに関する情報を握っている。調査対象者の犯歴の有無《うむ》もわかっているだろう。

そうした情報を本郷から流してもらい、折原は恐喝を重ねているのではないか。そうなら、定職に就く必要はない。恐喝の件を戸部由起に知られた折原が代理殺人を請け負い、裏便利屋か流れ者に手を汚させたとは考えられないだろうか。

あるいは、戸部由起にまともに相手にされなかったことを恨んでいたのか。そうだったとしたら、折原は自分のアリバイを用意しておき、正体不明の二人組に由起を葬らせたとも考えられなくもない。だが、筋読みに根拠があるわけではなかった。

真崎は息を長く吐き、喫《す》いさしの煙草の火を灰皿の底で揉《も》み消した。

それから間もなく、石飛刑事から電話がかかってきた。

「真崎さん、犯人《ホシ》の目星はつきました？」

「いいえ、まだです」

「三鷹の捜査本部が新たな目撃情報を得たらしいんですよ。犯行現場の雑木林の近くに事件当夜の八時四十分ごろ、中年の男が人待ち顔でたたずんでいたらしいんです」

「中年の男が事件現場にいたんですか⁉　人相着衣《ニンチャク》をできるだけ細かく教えていただけます？」

真崎は早口で言った。

「気になる男はゴルフ帽を被って、黒っぽい衣服だったそうです。顔はよくわからなかったそうですが、体型から察して四、五十代だろうってことでしたね」

「そうですか。その不審人物は、戸部由起を拉致した二人組を待ってたんだろうか」

「ええ、そうなのかもしれませんね」

「石飛さん、いまごろになって新たな目撃証言が出てきたのは妙ですね。加害者がミスリードを狙ってるんだろうか」

「いいえ、そうではないようです。証言者は三鷹市内に住む実直なサラリーマンなんですが、大学生のときに職務質問に応じなかっただけで、公務執行妨害罪で逮捕されたようなんですよ」

「そんなことがあったんで、証言者は警察嫌いになったんだろうな」

「ええ、そうらしいんですよ。しかし、事件の解決が遅れたら、被害者が気の毒だと思い直して……」

「事件現場近くに不審者がいたことを証言する気になったのか」

「ええ、そういうことでした。その中年男性が加害者かどうかわかりませんが、誰かを待ってる様子だったという証言が気になったので、あなたにお教えしといたほうがいいと思ったんです」

「わざわざありがとうございます」

「どういたしまして。被害者の娘さんはもう祖父母に引き取られたんでしょ?」

石飛が訊いた。真崎は経過をかいつまんで話し、通話を切り上げた。ベッドから離れ、階下に降りる。

　ダイニングテーブルに向かって、妻、息子、陽菜の三人が西瓜《すいか》を食べていた。

「おじちゃん、疲れてるみたいだね。だから、なかなか起きられなかったんでしょ？」

　陽菜が真崎に話しかけてきた。

「うん、そうなんだよ。昨夜《ゆうべ》、お母さんとお別れしてきたんだね？」

「そう。陽菜、泣いちゃったよ。だってさ、たくさん話しかけても、ママは何も答えてくれなかったんだもん。だけど、とってもきれいだったよ。きっとママは、きれいな星になれると思う」

「お祖父ちゃんもお祖母ちゃんも、すごく優しかったろう？」

「うん、どっちもね。きのうから、ママの育ったお家に住んでって言われたけど、保育所のお友達や先生ともバイバイしないといけないでしょ？」

「そうだね」

「だから、すぐにお祖母ちゃんちでは暮らせないの。翔太お兄ちゃんにもっとサッカーを教えてもらいたいから、あと五回ぐらいはおじちゃんちに泊まりたいな」

「夏休みが終わるまで、陽菜ちゃんを泊めてやろうよ。ね、父さん？」

　翔太が同意を求めた。真崎は大きくうなずき、洗面所に足を向けた。顔を洗い、ついでに髭を剃る。さっぱりとした。

真崎はダイニングキッチンに戻った。息子と陽菜の姿は消えていた。

「二人でサッカーボールを蹴る気になったのかな？」

「翔太の部屋でテレビゲームをやってるわ。陽菜ちゃん、お母さんの亡骸を見て数十分は泣きじゃくってたの。見てるのが、とっても辛かったわ。でもね、少しずつ現実を受け入れるようになったみたいなの」

「そうか。陽菜ちゃんが練馬の戸部宅に行く気になるまで、我が家で面倒を見てやろうよ」

「ええ、そうしましょう」

美玲が夫の遅い朝食の支度に取りかかった。朝刊に目を通しているうちに、食事の用意が調《ととの》った。パン食だった。

真崎はコーヒーを飲みながら、チーズトースト、ベーコンエッグ、グリーンサラダを平らげた。歯磨きをして、自分の部屋に引き揚げる。

真崎は一服してから、ネットで本郷の探偵社の所在地を検索した。ホームページによると、西新宿五丁目の雑居ビルの五階の一室を借りているようだ。

身仕度《みじたく》を終えたとき、野中から電話があった。

「長岡啓子のボーイフレンドたちのことを調べてみたけど、どいつもシングルマザー殺しにタッチしてる様子はなかったね。真崎さんのほうはどうでした？」

「詳しい経過を話すから、いつもの店で落ち合わないか。三十数分後には行けると思うよ。野中、待っててくれ」

真崎は電話を切って、すぐに部屋を出た。美玲に非公式捜査に出かけることを告げ、マイカーに乗り込む。きょうも暑い。

西麻布に向かう。真崎は休業中のショットバー『スラッシュ』で野中と落ち合い、よく情報を交換していた。店のオーナーは、末期癌《がん》で入院中だった。野中はオーナーと親しく、店の鍵を預かっていた。

目的地に着いたのは、ちょうど三十分後だった。『スラッシュ』の前には、旧式のベンツが見える。追分組の車だ。

真崎はアテンザをベンツの近くに駐め、休業中の酒場に入った。野中がカウンターの止まり木にどっかと坐り、茶色い葉煙草《シガリロ》をくわえていた。白っぽいスーツ姿だ。パナマ帽を被っている。

「堅気には見えないな。あまり目立つ身なり《ナリ》をしてると、対立してる組織にシュートされるぞ」

真崎は茶化して、相棒の横のスツールに腰かけた。野中が先に前日の成果を報告する。

「きのう啓子が三人のボーイフレンドを次々にカフェに呼び出して、別れを告げたんですよ」

「どういうことなんだ?」

「実は啓子、どうもおれに興味を持ったようなんです。だから、つき合ってる男たちを切ったようなんですよ。おれは弟分たちに三人の男を尾行させて、シングルマザー殺しに関わってるかどうか揺さぶらせたんだ。三人とも、啓子に戸部由起を始末してくれと頼まれてはいなかったそうです」

「そうか。啓子はシロと判断してもよさそうだな」

「ええ、シロだと思うな。それでね、意外な展開になったんですよ。彼女が電話してきて、おれと真面目な気持ちで交際したいと言ってきたんだ。面喰らっちゃいましたよ。啓子を強引に抱こうとしなかったんで、なんか好感を持たれたようだな」

「おまえ、惚れられたんだよ」

「そうなのかもしれません。旦那とは家庭内別居同然だし、子供がもう少し大きくなったら、離婚する気らしい。だから、つき合ってくれと言われたんですよ」

「それで、野中はどう応じたんだ?」

真崎は問いかけた。

「実は、やくざなんだって打ち明けましたよ。啓子がすぐにビビると予想してたんだけど、自分が応援するから、足を洗ってほしいと言った。夫から慰謝料を貰ったら、その金で何か商売をしようとも言われました。だから、おれには複数の情婦《おんな》がいると嘘をついたんだ。それで諦《あきら》めるだろうと思ったんだけど、交際中の女たちとはそのうち別れてくれればいいと……」

「そこまで人妻に好かれちゃったのか。野中、どうするつもりなんだ？」

「殺人の前科《マエ》があると言えば、焦《あせ》って遠ざかるんじゃないのかな。それでも諦めてくれなかったら、スマホを買い換えます。本名を教えたわけじゃないから、啓子はおれの身許は割り出せないはずだから」

「よっ、色男！」

「からかわないでくださいよ。それより、真崎さんのほうはどうなったの？」

　野中が促す。真崎は、きのうの経過をつぶさに喋った。

「折原茂樹は本郷という探偵から他人のスキャンダルや秘密を流してもらって、強請《ゆすり》で喰ってるんだろう。そのことを戸部由起に知られたとしたら、折原が誰かにシングルマザーを始末させたとも考えられるな」

「真崎さん、これから本郷の事務所に二人で出かけて揺さぶりをかけてみましょうよ。おれたちは強請屋に化けて、鎌をかけない？」

「そうしてみるか」

「行きましょう」

　野中がスツールから離れた。真崎も腰を上げた。

二人は『スラッシュ』を出て、それぞれの車の運転席に乗り込んだ。真崎は先にマイカーを走らせはじめた。野中のベンツが従《つ》いてくる。

西新宿の雑居ビルを探し当てたのは、およそ四十分後だった。真崎たちは車を十二社《じゅうにそう》通りの端に駐め、雑居ビル五階に上がった。

『本郷探偵社』はエレベーターホールの左側にあった。真崎たちコンビはサングラスで目許を隠し、勝手に事務所に入った。

それほど広くない。事務机が四卓置かれ、壁際にキャビネットとロッカーが並んでいる。出入口に近いデスクに女性事務員が向かい、奥の両袖机の向こうに本郷が坐っていた。

「コーヒーでも飲んで、三十分ぐらい時間を潰してもらえないかな」

真崎は穏《おだ》やかに女性事務員に話しかけた。二十七、八歳だろうか。地味な印象を与える。

「あなた方は？」

「自己紹介は省《はぶ》かせてもらう。ボスの本郷さんを痛めつけることになるかもしれないんだ。とばっちりを受けたくないでしょ？」

「社長、一一〇番しましょうか？」

「警察を呼んだら、本郷社長が手錠を打たれることになるだろうな」

「社長は何か悪いことをしたのですか⁉」

「悪いが、きみは席を外してくれないか」

本郷が椅子から立ち上がった。女性事務員があたふたと事務所から出ていく。

真崎は本郷の席に近づいた。野中が近くの椅子を頭上に持ち上げ、無言でキャビネットに投げつけた。派手な音がした。

「お、おい、なんの真似なんだっ」

本郷が野中を詰《なじ》った。

「うるせえ！　てめえは、依頼人の秘密を折原茂樹に売ってやがるな。性質《たち》の悪い探偵だぜ」

「折原って、どこの誰なんだ？」

「しらばっくれても意味ないぞ。そっちは昨夜、六本木の四川料理店で飯を喰ってから、キャバクラ、クラブ、ショーパブで折原に接待された。チャイニーズ・レストランで、そっちは折原に書類袋を渡したよな？」

真崎は野中を手で制し、早口で言った。

「えっ⁉」

「書類袋の中には、不倫してる男女の個人情報が入ってたんだろう。折原は恐喝材料をそっちから買って、強請《ゆすり》に励《はげ》んでた。そうだな？」

「おたく、ブラックジャーナリストなんじゃないのか」

「どうなんだっ。おれの質問に正直に答えないと、そっちを警察《サツ》に引き渡すことになるぞ」

「そ、そうだよ。いくら出せば、わたしの小遣い稼ぎの件に目をつぶってくれるんだ？　百万、いや、五十万で手を打ってくれないか。頼むよ」

　本郷が拝む恰好《かっこう》をした。

　真崎は冷笑し、両袖机を蹴りつけた。卓上のメモパッドが床《フロア》に落ちる。

「わかった。二百万払うよ、口止め料として」

「訊いてることに素直に答えたら、それで勘弁《かんべん》してやるよ。浮気に関する調査報告書の写しを折原に売り渡してたな？」

「う、うん。一件に付き十万円の礼をしてもらった。四十件以上売って、ちょくちょくキャバクラやクラブで奢ってもらってたよ」

「折原は恐喝で喰ってるのか？」

「だと思うね。彼は特に働いてるわけじゃないから、不倫カップルの男女から口止め料をせしめてるんだろうな」

　本郷が答えた。

「折原は、そのことを誰かに知られてしまった様子は？」

「そんな気配はうかがえなかったが、彼はポーカーフェイスが上手だから、わたしが気づかなかっただけなのかもしれないな」

「折原は不倫してる男女を強請ってるだけじゃねえんだろ？　羽振りがいいみてえだからな」

　野中が話に割り込んだ。

「はっきりしたことは言えないが、おそらくそうなんだろうね。いつか酔った勢いで、彼は自分には『税金のかからない定収入があるんだよ』なんて言ってた。多分、誰かの致命的な弱みの証拠を握って、毎月、口止め料の類《たぐい》を受け取ってるんだろう」

「たかってる相手については何も洩らさなかったのか。え？」

「特に言ってなかったよ。そこまで他人《ひと》に喋《しゃべ》ったら、危《ヤバ》いことになりかねないじゃないか」

「それもそうだな」

「もう浮気してる連中の個人情報を折原君に売らないよ。だから、これまでのことは大目に見てくれないか」

「いいだろう。ただし、折原におれたちのことを喋ったら、そっちの悪さをマスコミに密告するぞ。そのことを忘れるなっ」

　真崎は本郷に言って、探偵社を出た。野中が大声で凄《すご》んでから、真崎を追ってきた。コンビはエレベーターに乗り込んだ。

一階のエントランスロビーを歩いていると、刑事用携帯電話《ポリスモード》が着信音を発した。真崎は立ち止まって、発信者を確かめた。天野刑事部長だった。

「特捜指令ですね？」

真崎は確かめた。

「そうなんだ。一カ月ほど前に四谷《よつや》署管内で、司法書士の資格を有する中小企業診断士の田久保豊《たくぼゆたか》が愛人宅前で射殺された。享年《きようねん》五十五だったたと思う」

「その事件《ヤマ》は記憶に新しいですね。所轄署に置かれた捜査本部《チヨウバ》には殺人犯捜査十係の面々が出張《でば》ったんでしょ？」

「そうなんだ。明日でちょうど第一期捜査が終わるんだが、まだ容疑者の絞り込みもできてない。第二期からは殺人犯捜査四係を追加投入することに決まったんだが、それで事件が解決するかどうか心許《こころもと》ない。そこで、また真崎君に動いてほしいんだよ」

「わかりました」

「できるだけ早く登庁してもらいたいんだが、いまは自宅かな？」

「西新宿にいるんです。ただちに桜田門《さくらだもん》に向かいます」

「そうしてくれないか。これまでの捜査資料を揃えて、峰岸参事官とわたしの部屋で待ってる」

天野刑事部長が先に電話を切った。真崎はポリスモードを上着の内ポケットに納めてから、野中に特捜指令が下《くだ》ったことを話した。

「そういうことなら、真崎さんは戸部由起殺しの非公式捜査はできなくなるね。代わりに、おれが動きますよ。差し当たっては折原をマークする。由起は折原が恐喝を働いてることを知ってしまったんで、消されることになったのかもしれないからね」

「野中、組の仕事があるんだろ？　いいのか？」

「常盆《じょうぼん》（常設の賭場）のセッティングと不動産絡みのトラブルは弟分たちにやらせるから、どうってことないですよ」

「なら、野中に助《ス》けてもらおうか」

「いいですよ。折原の家《ヤサ》は参宮橋にあるって話だったね？」

野中が言った。真崎は折原の自宅の住所を教え、通話を終了させた。

第四章　見えない背景

1

エレベーターが停止した。

警視庁本庁舎の六階だ。

真崎は函《ケージ》から出た。西新宿で野中と別れてから、登庁したのだ。六階には刑事部長室、捜査一課、組織犯罪対策部の刑事部屋などがある。

真崎は、あたりを見回した。人影は見当たらない。

エレベーターホールから通路をたどり、刑事部長室の重厚なドアをノックする。名乗ると、天野刑事部長の声で応答があった。

真崎は入室した。

ドア寄りに置かれた八人掛けのソファセットには、天野と峰岸参事官が腰かけていた。

参事官は手前側に坐《すわ》っている。職階は天野が警視長で、峰岸は警視正だ。

「急な呼び出しで済まない。ま、掛けてくれないか」

天野刑事部長がにこやかに言った。真崎は一礼し、峰岸のかたわらのソファに腰を落とした。

「捜査本部事件の被害者は善良な市民とは言えない人物だから、個人的には早く加害者を割り出さなくてもいいと思ってる。しかし、所轄署の予算を減らすのは気の毒だからね」

刑事部長が真崎に顔を向けてきた。

「ええ。捜査費は全額、所轄署《うち》が負担する決まりになっていますからね」

「捜査経費のこともあるが、本庁の捜一《そういち》のメンバーが無能と思われるのは癪《しゃく》だからな。第一期捜査に当たった殺人犯捜査第七係の面々は粒揃《つぶぞろ》いだし、ベストを尽くしてくれたにちがいない」

「そうだと思います」

「残念ながら、まだ容疑者の特定には至っていない。第二期から捜査に加わる四係も優秀な者が多いんだが、事件を解決に導《みちび》けるかどうかね。不安なんで、また真崎君に捜査をしてもらいたいんだよ」

「どこまでできるかわかりませんが、任務に励《はげ》みます」

真崎は表情を引き締めた。

「早速《さっそく》だが、まず捜査資料に目を通してもらおうか」

「はい」

「参事官、ファイルを真崎君に渡してくれないか」

「わかりました」

峰岸が短く応じ、コーヒーテーブルの上の青いファイルを摑《つか》み上げた。真崎はファイルを受け取った。資料の間に挟まれている鑑識写真の束《たば》を手に取る。二十数葉《よう》あった。カラーで、死体の現場写真が多い。

被害者の田久保豊は路上に俯《うつぶ》せに倒れ込んでいる。後頭部の射入孔《しやにゆうこう》には血糊《ちのり》がこびりついていた。背中も撃《う》たれている。犯人は夜道で田久保を待ち伏せして、背後から二発連射したようだ。

「ライフルマークから、凶器はオーストリア製のグロック19と判明してる」

峰岸参事官が言った。

「大型拳銃のグロック17の銃身を切り詰めた中型拳銃ですね。銃声を聞いた者は？」

「いないんだ。加害者がグロック19に消音器を装着していたことは間違いないだろう。頭部に撃ち込まれた銃弾は貫通したんだが、背骨を砕いた弾《たま》は肺に留《とど》まっていた。ほぼ即死だったようだ」

「そうでしょうね」

真崎は鑑識写真の束を卓上に置き、事件の関係調書の写しを読んだ。

射殺事件が発生したのは、七月四日の深夜だった。夕方から愛人宅で過ごしていた田久保は外に出て間もなく撃ち殺されたのである。凶器は現場に遺留《いりゅう》されていなかった。薬莢《やっきょう》も回収されていた。

遺体は四谷署にいったん安置されて本格検視を受け、翌日の午前中に東京都監察医務院で司法解剖された。

その結果、死亡推定日時は七月四日午後十一時半から翌五日の午前零《れい》時の間とされた。愛人の住むマンションの防犯カメラには、被害者が帰るときの姿が映っていた。午後十一時二十八分だった。

四谷署刑事課と本庁機動捜査隊が初動捜査に当たったが、有力な手がかりは得られなかった。事件現場は夜間になると、人通りが少なくなるようだ。

犯行の目撃者はいなかった。付近に設置された防犯カメラの画像分析をしても、怪しい人間は映っていなかった。

捜査本部は改めて聞き込みに時間を費《つい》やした。

射殺された田久保は三十代の半《なか》ばまで、司法書士として地道に働いていた。二児の父親としても申し分なかったようだ。

だが、真面目一方だった田久保は赤坂《あかさか》のクラブホステスに夢中になってしまった。相手の歓心を買うためには、それなりの経済力が必要だ。

田久保は積極的に暴力団の息のかかった企業舎弟《しゃてい》の経営相談に乗るようになり、副収入を得るようになった。表向きは中小企業診断士ということになっていたが、会社整理、手形パクリ、商品取り込み詐欺などダークなビジネスに手を貸していた。

甘い蜜《みつ》を吸うことを覚えた被害者は司法書士と中小企業診断士を表看板にしながら、経済マフィアとして暗躍するようになった。荒稼ぎするようになると、下目黒《しもめぐろ》の建売住宅から高輪《たかなわ》の豪邸に引っ越した。さらに熱海《あたみ》と軽井沢《かるいざわ》に別荘も購入した。

夜ごと大物経済やくざや企業舎弟の社長たちと高級クラブを飲み歩き、ゴルフやトローリングに興《きょう》じるようになった。札束をちらつかせて、若いホステス、タレント、モデルなどを愛人にした。

四谷の高級賃貸マンションに囲っていた荻野目千佳《おぎのめちか》は、元国際線のキャビンアテンダントだ。現在、二十八歳である。

「田久保は堅気面《かたぎづら》をしてたが、とんでもない悪党だね。金の魔力に取り憑《つ》かれたようで、ダミーを使って投資詐欺や営利誘拐ビジネスをやってた」

天野が苦々しく言った。真崎は捜査資料から顔を上げた。

「被害者《マルガイ》は一応、堅気ですよ。経済マフィアや企業舎弟に協力してたといっても、個人的にダミーを使ってダーティー・ビジネスで荒稼ぎしてたら、裏社会の連中が黙ってないでしょう？」

「捜査本部もそう読んだんで、田久保とつき合いのあるアウトローはもちろん、暴力団も洗ったんだよ。しかし、被害者とは特にトラブルは起こしてなかったんだ。ただ、田久保の悪知恵で財産を失った経済事件の被害者たちにはだいぶ恨まれてたようだな」

「当然でしょうね」

「投資詐欺か手形のパクリに遭《あ》った者が殺し屋《プロ》を雇って、田久保豊を片づけさせたんじゃないのかな。素人の犯行《ヤマ》とは思えないじゃないか」

「そうですね。お言葉を返すようですが、経済事件の被害者の多くは文なしにされたんではありませんか。殺し屋を雇うだけの余裕はないと思います」

「そうか、そうだろうね。個人でやってた違法ビジネスの犠牲者が第三者に田久保を殺害させたんだろうか」

「その線も考えられますが、捜査資料によると、被害者の最後の愛人だった荻野目千佳はパトロンと別れたがってたようですね」

「そうだったな。愛人はまともな結婚をしたくなったらしく、田久保に隠れて婚活をしてたみたいだね。そのことでパトロンと口喧嘩《くちげんか》をしたことは複数人の証言で間違いないんだが、その程度では殺意を覚えないだろう？」

「まあ、そうでしょうけどね」

「刑事部長、よろしいでしょうか」

　峰岸参事官が発言の許可を求めた。

「きみは、どう筋を読んでるのかな？」

「第一期捜査で、田久保のダミーとしてダーティー・ビジネスを仕切ってた元予備校の人気英語講師だった寺町岳人《てらまちがくと》、三十四歳と被害者との間に何か確執《かくしつ》があったとは考えられませんか？」

「参事官、そう推測した理由は？」

「寺町は一年半ほど前まで年収一千万円を超《こ》える看板講師でしたが、教室閉鎖に伴《ともな》って解雇されました。求職中に田久保のベンツに轢《ひ》かれそうになったことで縁ができて、汚れ役を演じてたと思われます。しかし、分け前は多くなかったようです。寺町は、いまも池尻《いけじり》の賃貸マンションに住んでて、マイカーは八年落ちのＢＭ《ビーエム》Ｗです」

「そうみたいだな。寺町はもともと物欲があまりないんじゃないか。年収一千万円以上も稼いでたんだから、もっと広いマンションを借りることはできたと思うよ。新車だって買えただろう」

「物欲のない男が大手予備校を解雇されたからって、犯罪の手伝いをする気になるでしょうか。寺町に物欲はあったんではありませんかね。事業縮小ということで、簡単にリストラをするような予備校に失望したのでしょうが、物欲があったから、悪事の片棒を担《かつ》ぐ気になったんだと思います」

「そうなのかもしれないね。欲のない人間なら、収入は減っても別の予備校か学習塾で働くだろうからな」

「ええ、そうでしょうね。寺町は地道に働くことがばからしくなったので、無法者になって手っ取り早く大金を手に入れたくなったんでしょう。真崎君、どう思う？」

「ええ、そうなんだと思います。研究者を志して大学院で博士号を取得しても、空きがなくて助手にもなれない現実がありますよね。夢を諦めて一般企業に就職する気になっても、大学院卒は使いにくいという理由で不採用になってしまう。派遣《はけん》の仕事で喰《く》いつないでた博士や修士が肚《はら》を括って、知能犯罪集団を結成した事例もありました」

「そうだったね」

「おそらく寺町岳人もいまの社会に真っ当に生きるだけの価値なんかないと投げ遣《や》りになって、田久保の悪事に加担する気になったんでしょう」

「ああ、多分ね」

「捜査資料を読んだ限り、寺町は違法ビジネスの証拠を握られるようなヘマはしてません。捜査当局にマークされながらも、まだ摘発はされてないんでしょう？」

「内偵中だが、まだ逮捕者はひとりも出てないよ」

「寺町は頭《ペテン》が悪くないようだから、上手に摘発を免《まぬが》れてきたんじゃないのかな。それなのに、黒幕の田久保が相応の分け前をくれなかったら、腹が立つと思います」

真崎は言った。

「そうだろうね。寺町が田久保を抹殺して、ダーティー・ビジネスを自分で仕切りたくなったとしたら……」

「誰かに田久保を片づけさせるかもしれませんね。寺町が自分の手を直《じか》に汚すとは考えにくいですから、使われた凶器のことを考えると、腕っこきの殺し屋を雇ったのか」

「きみらが言ったように、確かに寺町岳人も疑わしいな。愛人も真っ白とは言えないだろうし、経済マフィアや企業舎弟に骨までしゃぶられた各種の詐欺や恐喝事件の被害者たちも悪知恵を提供したのが田久保だと知ったら、赦《ゆる》せないと思うだろう。しかし、そうした経済事件の被害者たちは殺し屋を雇うだけの金銭的な余裕はないはずだ。捜査対象から外してもいい気がするな」

天野が真崎を見ながら、そう言った。

「そうした連中を容疑者リストから外すのはまだ早い気がします」

「大事を取るべきだろうか」

「ええ、そう思います。捜査資料を読んだだけでは被疑者の見当はまだつきませんが、引っかかることがあります。堅気の田久保が寺町を使って、個人的な違法ビジネスで荒稼ぎしてきたことは状況証拠で明らかです」

「そうだね」

「にもかかわらず、闇社会の顔役たちは田久保を締《し》めてこなかった」

「田久保は儲《もう》けの中から、裏社会の有力者たちに挨拶《ヽヽ》してたんじゃないだろうか。数千万単位の金を親分衆に渡してたのかもしれないぞ」

「そんなことをしてたら、荒稼ぎしても実質的な収益はたいした額にならないでしょう?」

「ま、そうだろうね。田久保の個人的なシノギは、どうして大目に見てもらえたのか。それがちょっと謎だな」

「もしかしたら、田久保は大物国会議員か右翼の超大物に札束を定期的にプレゼントして、裏社会の首領《ドン》たちを押さえてもらってたのかもしれませんよ。あるいは、社会を裏で動かしてる元老《げんろう》と呼ばれてる怪物のひとりに田久保は取り入ったんだろうか」

「真崎君、後者は考えられないんじゃないか。田久保は中小企業診断士でもあるが、一介の司法書士なんだ。首相経験のある政界OBたちとは接点なんかないと考えるべきだよ」

「ダイレクトな繋《つな》がりはなかったでしょうね。でも、人と人は間接的な接点があって、意外な相手と結びついてたりしますでしょ?」

「確かに、そういうこともあるね。しかし、田久保が政財界やアンダーグラウンドまで支配してるフィクサーと繋がってるとは思えないな。せいぜい大親分クラスだろうね」

「田久保は法務省高官か検事総長などと何らかの接点があったのではないでしょうか」

「そういうお偉いさんなら、闇社会の有力者たちを黙らせることができるだろうね。ただ、賄賂《わいろ》が通用するような相手ではないよ」

「ええ、そうでしょうね」

「真崎君の推測にはちょっと無理がある気がしますが、金には魔力があります。収賄で政界から消えた元総理大臣もいましたし、大臣クラスなら何十人にも及びます」

峰岸参事官が話に加わった。すぐに天野が応じた。

「多くの人間が金に弱いことはわかるよ。だが、汚職やヤミ献金が発覚したら、普通はそこで人生は終わってしまう」

「それだけ、金は人を狂わせるんでしょう。法の番人と言われてる捜査機関でも、金にまつわる不祥事とは無縁ではありません。警察も昔から架空の捜査経費を計上し、年度の予算を遣《つか》い切ったことにして、組織ぐるみで裏金づくりをしてきました」

「そのことは否定しないよ。しかし、いまはそうした不正は行われてないと思いたいね」

「わたしも同じ気持ちです。しかし、悪《あ》しき慣習は容易には改めることはできないのではないですか。残念ながら、いまもどこかで裏金は密《ひそ》かにプールされてるでしょう」

「と思いますよ」

真崎は参事官に同調した。

かしくもある」

「二人とも厳しいね。そのことを全面的に否定できない自分が悲しいな。もちろん、恥ず
「警察官僚の自分らが率先して襟《えり》を正さなければならないのですが、キャリアの中には異動のたびに組織内部で蓄《たくわ》えた裏金の中から多額の餞別《せんべつ》を貰ったことを酔っ払って自慢する者もいました」

「そういう堕落《だらく》し切ったキャリアは即刻、追放すべきだな。けしからんよ」

「しかし、警察は身内の不始末をなんとか隠そうとする体質を崩そうとしません」

「そうだね。毎年百人前後の懲戒《ちょうかい》処分者を出してることは嘆《なげ》かわしい。監察に内偵されてる警察官や職員は百数十人いるというから、情けない話じゃないか」

「ええ。われわれも生身の人間ですので、結婚してても浮気をしたり、酒の勢いで誰かと殴り合ったりすることもあるでしょう。その程度は許容範囲でしょうね」

「真崎君、自己弁護に聞こえなくもないぞ。奥さん以外の女性に魅《み》せられはじめてるのかな?」

「いまのところ、浮気をしたくなるような相手とは出会っていません。そろそろ刺激が欲しいんですがね。冗談はともかく、金に目が眩《くら》んで犯罪の揉み消しをするような警察関係者はクズですよ。たとえ出世頭《がしら》だったとしても、そんな奴は人間として下《げ》の下《げ》です」

「わたしも同感だよ。なんだか話が横道に逸《そ》れてしまったな」

「そうですね。すみません！」

「いいんだ、気にしないでくれ。たまには青臭い話も悪くない。それはそうと、捜査資料をじっくり読み込んだら、単独捜査に取りかかってもらえるね？」

天野刑事部長が言った。

「そのつもりです。専用の覆面パト《メン》、明日から使わせてもらいます」

「わかった。きょうは丸腰なんだろ？」

「ええ。特別に貸与されてるベレッタ92ＦＳは自宅の金庫に保管してありますが、明日から携行します」

「そうしてくれ。参事官、当座の捜査費を真崎君に渡してくれないか」

「はい」

峰岸が左横のソファに置いてある蛇腹《じゃばら》封筒を摑み上げた。中には二百万円入っているはずだ。いちいち領収証を貰う必要はなかった。情報を金で買うことも認められていた。

「すぐに動きます」

真崎は捜査費と鑑識写真をファイルの間に挟み込み、すっくと立ち上がった。

2

事件の痕跡はない。

四谷の射殺事件の現場である。真崎は、田久保豊が倒れていた路上に立っていた。マイカーは近くに駐《と》めてあった。

事件発生日から、およそ一カ月が過ぎている。鑑識係がうっかり見落とした遺留品があるかもしれないと考えたわけではない。

殺人現場に臨むと、捜査意欲が湧いてくる。特捜指令が下るたび、真崎は必ず事件現場を踏んできた。それが真崎の習わしだった。

今回の被害者は悪人の部類に入るだろう。だが、人命を奪われている。密行捜査の手を緩《ゆる》めるわけにはいかない。

真崎は数十メートル歩いて、『四谷グランドパレス』の敷地に足を踏み入れた。九階建ての高級賃貸マンションの造りは堅固でありながら、スタイリッシュだった。

捜査資料によると、田久保の愛人はいまも八〇一号室に住んでいる。年内分の家賃は故人が一括で払っていた。荻野目千佳は年末まで転居する気はないのかもしれない。

真崎は石畳のアプローチをたどり、集合インターフォンの前で立ち止まった。

テンキーを押す。ややあって、スピーカーから女性の声が響いてきた。

「どちらさまでしょう？」

「警視庁の真崎という者です。失礼ですが、荻野目千佳さんでしょうか？」

「はい。パパ、いいえ、田久保さんを殺した犯人が捕まったんですね？」

「いいえ、そうではありません。捜査が難航していますので、わたしが支援に駆り出されたんです。再聞き込みにご協力願いたいんですよ」

「わかりました。すぐにオートロックを外しますので、八階までお上がりください」

「そうさせてもらいます」

真崎はドアの前に移動した。少し待って、広いエントランスロビーに入る。床は大理石《だいりせき》だった。光沢を放っている。

右手に管理人室が見えるが、なぜだか無人だった。エントランスロビーの左側には、応接ソファセットが置かれている。大きな観葉植物の鉢も幾《いく》つか配されていた。

エレベーターは二基あった。

真崎は八階に上がった。八〇一号室のチャイムを鳴らすと、じきにドアが開けられた。

千佳は女優のように美しかった。知性美に輝いているが、色香も漂わせている。

真崎はＦＢＩ型の警察手帳を呈示《ていじ》し、改めて自己紹介した。

「ご苦労さまです。どうぞお入りになってください」

「玄関先で結構です」

「ご遠慮なく……」

千佳が真崎を請《しょう》じ入れ、夏用の涼しげなスリッパをラックから引き抜いた。断る理由はない。真崎は靴を脱いだ。

通されたのは、二十畳ほどのリビングだった。家具や調度品は値の張りそうな物ばかりだ。頭上のシャンデリアは、バカラの製品だろうか。

間取りは2ＬＤＫのようだが、各室が広い。月の家賃は六、七十万円はするのではないか。

千佳は真崎を象牙色《ぞうげいろ》の総革張りのソファに坐らせると、ダイニングキッチンに消えた。ほんの数分で、居間に戻ってきた。洋盆《トレイ》にはゴブレットが載《の》っている。中身はグレープフルーツ・ジュースだろう。

「どうかお構いなく」

真崎は恐縮した。

千佳がコーヒーテーブルにゴブレットを置き、正面のソファに浅く腰かけた。優美な坐り方だった。斜めに揃えられた脚《あし》が眩《まばゆ》い。

「彼がマンションのすぐ近くで射殺されたので、とてもショックでした。いつもはベントレーで、ここに来てたんですよ。あの日は明るいうちに赤坂で知人と飲んだとかで、タクシーで四谷に……」

「そうですか。被害者が司法書士の仕事のほかに中小企業診断士として活躍されてたことはご存じだったんでしょ？」

「はい。田久保さんの経営指導がよかったようで、いろんな会社の顧問を務《つと》めてたんですよ」

「一般企業だけではなく、暴力団の企業舎弟《フロント》の経営相談に乗ってたことも知ってらっしゃったんでしょ？」

「ええ、まあ。詳しいことは聞かされていませんでしたけどね」

「被害者は射殺されました。そのことで、捜査本部はどこかの企業舎弟と何らかのことで揉《も》めたのではないかと考え、組関係者を重点的に洗いました。しかし、事件に関与したと疑える筋者《すじもの》は捜査線上に浮かんでこなかったんです」

「パパが、田久保さんが組関係の方とトラブルを起こした気配はうかがえませんでした」

「そうですか。これまでの捜査によると、被害者はだいぶ嫉妬深かったようですね。あなたが婚活じみたことをしたので、機嫌を損《そこ》ねたんでしょ？　いただきます」

真崎はゴブレットを摑み上げ、喉を潤《うるお》した。

「彼はわたしのことを気に入って、いろいろよくしてくれたんです。贅沢《ぜいたく》な生活もさせてもらいました。でも、ずっと愛人でいられるわけではありません。パパは五十五だったんです。若く見えたけど、日本の男性の平均寿命は八十一歳ぐらいですよね？」

「そんなもんだったかな」

「二十五、六年先まで田久保さんに世話をしてもらえるかどうかわかりませんでしょ？　わたし、将来のことがなんだか不安になったんですよ。それで、興味半分に結婚相談所に登録して、二、三度、お見合いパーティーに参加しました」

「そのことが故人にバレてしまって、痴話喧嘩《ちわ》になったのかな？」

「ええ、そうです。そのとき、わたしを束縛《そくばく》したいんだったら、奥さんと別れてと口走っちゃったの。妻の座なんか狙《ねら》ってなかったんですけど、つい言ってしまったんですよ」

「田久保さんの反応はどうでした？」

「離婚する気はないが、その分、わたしにできるだけのことはすると言いました。明日、一カラットのダイヤのネックレスを買ってやろうとも本気で言ってたわ。わたしが宝石は欲しくないと言ったので、その話は立ち消えになっちゃいましたけど」

「田久保さんは稼いでたんだな」

「お金には不自由してなかったみたいですね。経営相談に乗ってた会社が多かったんで、収入もよかったんでしょう」

「それにしても、大変な資産を持ってたようだな。建売住宅から高輪の豪邸に引っ越し、熱海と軽井沢にも別荘も購入した。どうすれば、急にリッチになれるか故人に教えてもらいたかったな」

「何か含むものがおありのようですね」

千佳が警戒心を露《あらわ》にした。

「まだ確証は得てないのですが、田久保さんは司法書士や中小企業診断士の仕事のほかに、ダミーを使って違法ビジネスで荒稼ぎしてたようなんですよ。投資詐欺や成功者の誘拐で汚れた金をがっぽりと稼いでた疑いがあるんです」

「嘘でしょ⁉」

「自分には捜査の目が向かないよう細心の注意を払って、汚れ役を上手に動かしてたみたいですよ。ダーティー・ビジネスを請け負ってたのは元予備校講師の男と思われます」

「そうなんですか」

「寺町岳人という三十四歳の男なんですが、悪賢いようでボロを出さないんですよ。だから、まだ検挙できないんです。そいつのことを田久保さんから聞いたことは？」

「ないわ。ありません」

「本当に？」

真崎は千佳を見据えた。千佳が、わずかに目を逸《そ》らした。どうやら彼女は嘘をついているようだ。

真崎は確信を深めながらも、あえて深追いはしなかった。黙《もく》したまま、千佳の顔を正視しつづける。

「パパから、そういう男性《ひと》のことを聞いたことはありません。嘘じゃないわ」

「そうですか」

「田久保さんはお金儲けが上手だったから、他人にやっかまれたんだと思います。元予備校講師に危ない裏ビジネスをさせてたなんて話はデマですよ。中傷でしょうね」

「確たる証拠があるわけではありませんから、反論はできません。しかし、金銭欲の強い人間は際限《さいげん》なく富を求める傾向があります。単なる悪質なデマではない気がするな」

「パパは金の亡者《もうじゃ》みたいなとこがあったけど、違法ビジネスはしてなかったと思います」

「田久保さんは、なぜ金に執着《しゅうちゃく》したんですかね」

「パパは、中国人の富裕層が日本の不動産や水利権を買い漁《あさ》ってることを腹立たしく思ってたの。中国人に渡った不動産を買い戻したがってたんで、少し転売ビジネスで儲けたいと思ったんじゃないのかしら？」

「田久保さんは中国人嫌いだったようだな」

「ええ、そうでした。コピー商品を大量に売ったり、日本の領土を自分たちの島だと言い張る国民性を嫌ってましたね。中国人は金に汚くて、万事に厚かましいと呆《あき》れてたわ」

「そういう考え方は偏《かたよ》ってるな。確かに拝金主義者が少なくないようだが、真っ当な中国人もいるはずです。十三億人全員が図々しくて、金に汚いわけじゃないでしょう？」

「そうでしょうけど、パパは日本に六十八万人以上の中国人が住んでることが不愉快だとよく言ってました。竹島《たけしま》を占領した韓国人も好きじゃなかったと思います。北方領土を返そうとしないロシア人にも腹を立てていました」

「田久保さんは国粋《こくすい》主義者なのかな」

「そういうことではないと思うけど、日本で大きな顔をしてる外国人を嫌ってたわね。特に中国人が好きじゃなかったみたいです」

「そう」

「リッチな中国人が手に入れたマンションや商業ビルを少しでも買い戻したいと言ってたから、その買い戻し資金を得るためにがむしゃらに働いてたんじゃないのかな」

「そうなんだろうか。ところで、田久保さんは法務省の高官とか大物国会議員と親交がありました？」

「そういう方たちとはおつき合いしてなかったと思うわ」

「そうなら、政財界を支配してる民自党のＯＢ政治家なんかとは面識もなかったんでしょうね」

「そんな超大物なんかは遠くから眺めたことすらなかったんじゃないかな。ただ、企業舎弟に経営指導してたので、関東の大親分たちとは多少のつき合いはあったみたいね。それから、興行界や芸能界のドンたちとも会ったことはあるんじゃないかしら」

千佳が言った。

「そうですか」

「刑事さん、高輪のパパの自宅にはもう行かれたんですか？」

「いいえ、まだです。夫人の雅江《まさえ》さんには会ってみるつもりですがね。奥さんは夫に愛人がいても、どーんと構えてたらしいんですよ。捜査班の者がそう言っていました」

「胆《きも》っ玉母《たま》さんって感じですよね、パパの奥さんは。わたし、告別式のときにサングラスをかけてセレモニーホールに行ったんですよ。こっそり出棺を見送ったとき、奥さんの姿を見たの。涙ひとつ見せないで、列席者たちにちゃんと挨拶《あいさつ》してました。奥さん、パパの浮気は公認だったらしいけど、まだ五十二なんだから、妻のプライドは傷ついてたでしょうね」

「それはそうだろうな。二人の子供は成人してるんで、離婚騒ぎは起こしたくないと感情を抑え込んできたのかもしれませんよ」

「ええ、そうなんでしょうね。夫に浮気されても平然としてられる女なんか、ひとりもいないんじゃないのかな。たとえ、夫婦仲が冷めてたとしても」

「それはそうでしょう」

「司法書士で細々と食べてたときは、パパは奥さんにだいぶ苦労かけたみたいなの。スーパーのパートタイマーとして働いてもらって、家計を助けてもらった時期もあったらしいんです」

「それだから、田久保さんは金持ちになっても……」

「奥さんと別れようとはしなかったんでしょうね。奥さんは豊かな暮らしをさせてもらえるようになったわけだけど、夫に裏切られた恨みは絶対に忘れることはできないと思うの。二人の息子さんは安定した大企業で働いてるんで、もう父親は必要ではないわけでしょ？」

「荻野目さんは、田久保雅江さんが犯罪のプロに夫を始末させたのではないかと疑ってるようですね」

「それも考えられるでしょう？　田久保さんはお金回りがよくなってから、何人もの女性の面倒を見てきたんだから、妻としては屈辱的な思いをしてたはずですよ」

「そうだろうな」

「パパの遺産は十億以上はあるでしょうから、奥さんは未亡人になっても生活には困らないですよね。積年の恨みを晴らしてやろうと思っても、不思議じゃないでしょ？」

「そうだからって、夫を亡き者にする気になりますかね。平凡な専業主婦はそこまでは考えないと思います」

「わかりませんよ。女はたいがい執念深いですからね。わたしが奥さんだったら、子育てが終わったら、夫を誰かに片づけさせようとするかもしれないわ」

「怖いことをおっしゃる。さて、そろそろ引き揚げるか。グレープフルーツ・ジュースを飲み残してしまったな。ごめんなさい」

「いいんですよ」

「ご協力、ありがとうございました」

真崎はソファから腰を上げ、玄関ホールに足を向けた。千佳に見送られて、八〇一号室を出る。

真崎はすぐエレベーターに乗り込んだ。千佳は寺町岳人のことをパトロンから聞いた覚えはないと言った。それは、おそらく嘘だろう。

このマンションの近くで張り込み、千佳の動きを探るべきか。真崎は函《ケージ》の中で迷った。まだ捜査を開始したばかりだ。その気になれば、いつでも荻野目千佳に張りつける。急ぐこともないだろう。

真崎は『四谷グランドパレス』を出ると、アテンザに向かって歩きだした。運転席に乗り込み、高輪をめざす。

三十分弱で、田久保邸を探し当てた。

邸宅は高輪三丁目の一角にあった。敷地は優に二百坪はあるだろう。庭木が繁《しげ》り、奥にある大きな二階家の一部しか道路からは見えない。真崎は石塀の際《きわ》に車を停めた。

ちょうどそのとき、妻の美玲から電話がかかってきた。

「少し前に陽菜ちゃんのお祖父さんから電話があったの。戸部由起さんのお骨《こつ》は実家に安置されたそうよ」

「そうか」

「それで、明日にでも陽菜ちゃんを引き取りたいと言われたの。そのことを陽菜ちゃんに伝えたら、翔太が何日か泊まってくれるんだったら、お母さんの実家に行ってもいいと答えたのよ」

「翔太は陽菜ちゃんにつき合ってもいいと言ってるのか？」

「ええ。あなたの意見を聞いてから、先方さんに返事をすることになってるの」

「陽菜ちゃんがその気になったんなら、母方の祖父母に引き渡したほうがいいだろうな。我が家でもっと陽菜ちゃんを預かってもいいんだが、いいタイミングだからさ。陽菜ちゃんが練馬に行く気になったときがチャンスだと思うよ」

「ええ、そうね。それじゃ、後《あと》で戸部さんのお宅に電話しておくわ」

「そうしてくれないか。おれは特捜指令が下ったんで、陽菜ちゃんのお母さんを殺した犯人を捜すことはできなくなってしまったが、野中が非公式捜査を引き継いでくれたから、そのうち事件は落着するだろう」

「野中さんは追分組の組員になってしまったけど、元は刑事なんだから、いまに犯人を突きとめてくれるでしょう」

「それを期待してるんだ。といっても、あいつだけに任《まか》せっ放しにするわけにはいかない。現職警察官でなければ、捜査対象者の犯歴照会なんかできないから、そうしたことはこっちがやるよ」

「麻布署時代は二人でコンビを組んで、よく事件を解決に導いたわよね。三鷹署の捜査本部よりも、早く犯人にたどり着けることを祈ってるわ。それはそうと、野中さんは組の仕事をそっちのけにしてるんでしょ？」

「そうなんだよ。悪いとは思ってるんだが、仕方ないな」

真崎は言った。

「あんまり長く油を売ってると、野中さん、破門されちゃうんじゃない？　場合によっては、小指を落とさなければならなくなりそうね」

「追分組はそんなことはしてないそうだ。野中は弟分たちにうまくカバーしてもらってるようだから、破門される心配はないだろう」

「それなら、いいんだけど」

「あいつが組から追放されたら、天野刑事部長に頼んで〝民間刑事〟として雇ってもらうよ」

「そんなことが可能なの⁉」

妻が驚きの声をあげた。

「もちろん、正規の捜査員としては雇ってもらえないさ。でも、おれの相棒《バディ》として非公式に使ってくれるかもしれない。野中には警察手帳や拳銃は与えられないだろうが、特殊警棒と手錠ぐらいは刑事部長の才覚でなんとかしてもらえそうだな」

「そんなユニークなコンビが誕生したら、なんか面白そうね。個人的には、元やくざの刑事がいてもいいいと思うわ」

「そこまで警察はくだけてないよ。美玲、留守を頼むな」

真崎は通話を切り上げ、車から出た。

田久保邸の前に立ち、インターフォンを鳴らす。少し待つと、故人の妻が応答した。

真崎は田久保の司法書士仲間になりすまし、まんまと邸内に入り込んだ。いつも偽名刺を十種類ほど持ち歩き、必要に応じて使い分けていた。

偽名刺を受け取った未亡人は特に怪しまなかった。

「供物《くもつ》も持たずに伺《うかが》ってしまいましたが、わたし、仕事で半年前から四国で暮らしてるんですよ。田久保さんが亡くなったことはニュースで知ったんですが、なかなか上京する機会がなかったんです。後《おく》れ馳《ば》せながら、お悔み申し上げます」

「わざわざありがとうございます」

「昔、ご主人にお世話になったんです。まずはお線香を上げさせてください」

「どうぞ、こちらに……」

　雅江が一階の奥にある仏間まで先導する。真崎は骨箱の前に正坐し、一分ほど合掌《がっしょう》した。小太りの未亡人は座卓の向こうで、茶を淹《い》れていた。

「奥さん、お気遣いなさらないでください。改めてお供え物を携《たずさ》えて訪問させていただくつもりです。本当に惜《お》しい方を喪《うしな》ってしまいました。残念でなりません」

　真崎は向き直って頭《こうべ》を垂《た》れた。二人は座卓を挟んで向かい合う形になった。

「粗茶しか差し上げられませんけど……」

　雅江が茶托《ちゃたく》をそっと滑らせた。真崎は故人を偲《しの》ぶ振りをしてから、吐息《といき》混じりに呟いた。

「ご主人は誰からも好かれてたのに、どこのどいつがこんなひどいことをしたんだろうか。奥さん、犯人に心当たりは？」

「ございません。女性にだらしない夫でしたけど、経済力はありました。おかげで、わたしたち家族は豊かな生活をさせてもらってたんです」

「風の便りですと、田久保さんは多くの会社で経営相談を請け負われてたそうですね。その中には企業舎弟もあったと聞いてます。その筋の人間を何かで怒らせてしまったんでしょうか？」

「夫は、仕事に関することは家では一切《いっさい》話してくれなかったんです」

「そうだったんですか。これも噂なんですが、田久保さんは元予備校講師の男を使って違法ビジネスで荒稼ぎしてたとか?」

「四谷署の刑事さんにそのことで探りを入れられたんですけど、わたしは何も知らないんですよ。驚くほど夫の収入が多くなりましたので、何か悪事を働いてるのかもしれないと疑ったこともあります。でも、わたしは本当に夫がどうやって財をなしたのか知らないんです」

「失礼なことを申しました。わたし個人はご主人は真っ当に稼いでたと信じていますが、妙な噂が耳に入ってたんで、つい確かめてしまったんです。ご容赦《ようしゃ》ください」

「お気になさらないで」

「田久保さんは女性にも好かれてましたんで、奥さんはだいぶご苦労されたでしょうね?」

「次々に浮気がわかったときは腹立たしかったですよ。でも、夫は三十代までは金銭的に余裕がなかったんで、女遊びなんかできなかったんです。少しばかり稼げるようになったら、箍《たが》が緩《ゆる》んでしまったんでしょうね」

「そうなのかな」

「他所《よそ》の女にのめり込むと、夫は一日中、上機嫌で鼻歌なんか歌うようになるんです。腹は立ちましたけど、子供みたいだったから、次第に母性本能をくすぐられるようになったんですよ。ジェラシーも感じなくなりましたね。家族をないがしろにしてたわけじゃないので、わたしは大目に見るようになりました」

「奥さんは寛大《かんだい》なんですね。多くの妻たちは、そんな広い心にはなれないでしょう」

「もう若くありませんから、その程度の夫のやんちゃは勘弁《かんべん》してやろうと思ったの。旦那を働かせるだけでは、なんかかわいそうでしょ？　たまには息抜きもさせてあげないとね」

雅江が目を細めて笑った。おたふくのような表情だった。

未亡人はシロだろう。真崎は辞去するタイミングを計りはじめた。

3

アテンザを路肩《ろかた》に寄せる。

田久保邸から二百メートルあまり離れた場所だった。真崎は捜査資料のファイルを開いた。貼付されている寺町岳人の顔写真を凝視する。

元予備校講師は顔立ちが整っていた。だが、どこかニヒルな面相だ。女性には好かれそうだった。

捜査本部の調べによると、寺町は田久保の裏ビジネスをこなしながら、個人的にネットカフェ難民たちにＩＴ機器を大量に盗ませていた疑いがある。また、貧困に喘《あえ》ぐシングルマザーたちを変態男たちに斡旋《あっせん》していたようだ。だが、どちらも立件するだけの材料は揃っていなかった。

ファイルを閉じたとき、峰岸参事官から電話がかかってきた。

「まだ大きな手がかりは得られていないんだろうな」

「ええ。それでも、新たな聞き込みは無駄じゃありませんでした」

真崎は経過を報告した。

「被害者の妻と愛人はシロと見てもよさそうだね？」

「奥さんの雅江は事件にはまったくタッチしてないという心証を得ました。ただ、荻野目千佳はまだシロと断定できません。彼女は寺町岳人のことは聞いたこともないと言ってましたが、少しうろたえましたので」

「真崎君、寺町と千佳が田久保の目を盗んで、男女の関係になってしまったとは考えられないだろうか」

「考えられなくもないと思いますが、寺町は田久保のダーティー・ビジネスの片棒を担《かつ》いで、それ相応の分け前を得てたと推測できますよね」

「そうなんだが、寺町の分け前は少なかったんだろう。それだから、以前から住んでた賃貸マンションで暮らしてるし、車もだいぶ年式の旧《ふる》いＢＭＷだ」

「こっちもそのことで、寺町の分け前は意外に少ないのではないかと思ったんですよ。しかし、急に生活を派手にしたら、寺町は怪しまれると考え……」

「暮らし向きを意図的《いとてき》に変えなかったんだろうね。だが、自分の取り分が少ないことを寺町は不満に感じてたんだろう。それだから、田久保に隠れて個人的に裏ビジネスをするようになったんではないだろうか」

「そうなのかもしれませんね」

「寺町は特に田久保に恩義を受けたとは考えてなかったんではないか。だから、内緒でダーティー・ビジネスで荒稼ぎする気になったんだろう」

「そう考えるべきかもしれませんね」

「きみに連絡したのは、四谷署の捜査本部が新たな事実を摑んだからだよ。寺町岳人が、東京都内の商業ビルやマンションを五棟も買った中国人実業家に入手した物件の購入価格に十五パーセント上乗せするんで、そっくり譲ってもらえないかと持ちかけてたんだ」

「それは、いつのことなんです？」

「五カ月前だよ。その中国人は楊光富《ヤングアンフー》という名で、四十八歳らしい。楊《ヤン》は上海《シャンハイ》で不動産ビジネスで大成功し、日本の不動産を次々に買い漁《あさ》ってたそうだ」

「そういう富裕層中国人が多くなって、愛国心の強い日本人たちは苦り切ってます」

「そうだね」

峰岸が相槌《あいづち》を打った。

「中国人を嫌ってた田久保豊も、そのひとりでした。おそらく寺町は田久保に頼まれて、楊《ヤン》に商談を持ちかけたんでしょう」

「そうだったんだろうな。その楊光富《ヤングアンフー》が帰国前夜に日比谷《ひびや》の帝都《ていと》ホテルから何者かに拉致されて、いまも行方《ゆくえ》がわかってないそうだ。楊《ヤン》が転売の話に応じなかったんで、田久保は殺し屋《プロ》に中国人実業家を消させたのかもしれないね。真崎君、わたしの筋の読み方は間違ってるだろうか」

「そう読んでもいいと思います。楊《ヤン》の遺体は薬品で骨だけにされて、どこかに遺棄《いき》されたのかもしれません」

「捜査本部が丸《まる》の内署《うち》に置かれて捜査中なんだが、楊《ヤン》の遺体はどこからも……」

「そうですか」

「日本の不動産や水利権を手に入れたリッチな中国人二十三人が物件を半値以下で法人や個人に転売してる事実もわかったんだ。転売先の大半の不動産会社はペーパーカンパニーで、個人のほうも怪しげな連中ばかりなんだよ。田久保と繋がってる会社や個人はいないということだったが、ダミーを使ったんだろうな」

「ええ、多分ね。不動産や水利権を半値以下で入手できたのは、売り主に何らかの形で恐怖を与えたからなんでしょう。相手の家族を拉致して拷問《ごうもん》したとか、レイプしたとかね」

「そんなことをされたら、金に貪欲《どんよく》な中国人実業家も不動産や水利権を安く手放さざるを得なくなるだろう」

「そうですね」

「田久保は桜仁会《おうじんかい》の息のかかった企業舎弟《フロント》六、七社の経営指導をしてた。中国人実業家を脅迫したり、彼らの家族を拉致監禁したのは桜仁会の下部団体《エダ》の若い衆だったんじゃないのかな」

「そうなのかもしれませんね」

「不動産や水利権を安く吐き出させられた富裕な中国人が、日本で暗躍してるチャイニーズ・マフィアに依頼して物件の譲渡を迫った連中の黒幕が田久保だったことを突きとめさせて……」

「チャイニーズ・マフィアに田久保の命《タマ》を奪《と》らせた。参事官は、そう推測したんですね？」

「そうなんだが、どう思う？」

「それも考えられますが、寺町が個人的にダーティー・ビジネスをやってたことを田久保に知られてしまったのかもしれませんよ」

　真崎は言った。

「あっ、そうとも考えられるな。寺町は汚れ役を引き受けたが、分け前をたくさん貰えなかった。それが不満でこっそり個人的なシノギをやりはじめたんだろうが、田久保としては面白くないはずだ」

「でしょうね。田久保は寺町の〝内職〟は大目に見てやるが、その代わり儲けの何割かを自分に渡せと威《おど》したんだろうか。裏社会の連中と繋《つな》がってる田久保に凄《すご》まれたら、堅気の寺町は震え上がるでしょう」

「かなりビビるだろうな。しかし、寺町は田久保の言いなりになってしまったら、ずっと自分はうまく利用されることになりそうだと思ったのではないか。そうなったら、腹立たしいよな？」

「ええ、そうですね。寺町が開き直って、誰かに田久保を撃ち殺してもらったという筋の読み方もできそうだな。ただ、そのことが桜仁会の者に知られたら、寺町は個人的な違法ビジネスの収益《アガリ》のほとんどを暴力団に吸い上げられてしまうでしょう」

「元予備校講師は、それを予想できただろう。そうなってくると、リッチな中国人の依頼で上海マフィアの一員がグロック19で田久保の頭と背中に九ミリ弾を撃ち込んだのかもしれないね」

「まだ結論を出すのは早いでしょう」

「そうだな」

「寺町が自宅にいるかどうかわかりませんが、これから塒《ねぐら》に行ってみます」

「暑くて大変だろうが、よろしく頼むよ」

峰岸参事官が電話を切った。

真崎はポリスモードを懐《ふところ》に戻し、マイカーを発進させた。三十分弱で、寺町の自宅マンションに着いた。真崎は車を路上に駐《と》め、六階建ての賃貸マンションに足を踏み入れた。玄関はオートロック・システムにはなっていなかった。

寺町の部屋は二〇二号室だ。寺町の部屋は二〇二号室だ。真崎は二階に上がり、二〇二号室のドアに耳を押し当てた。

室内から男の話し声がかすかに聞こえる。寺町が通話中であることは、会話内容でわかった。真崎はすぐに部屋から離れ、階下に降りた。

自分の車の中に戻って、冷房を強める。寺町が外出したら、むろん尾行するつもりだ。

時間がいたずらに過ぎていく。

野中から電話がかかってきたのは夕方だった。

「折原茂樹の動きを探ってきたんですけど、本郷って探偵から手に入れた不倫カップルの情報を悪用してることは間違いないですよ。野郎は、部下のOLと不倫してた五十代の銀行支店長から喫茶店で札束入りの封筒を受け取ったんだ」

「やっぱり、恐喝で喰ってたか」

「よっぽど折原を痛めつけて、第三者にシングルマザーを殺《や》らせたかどうか吐かせてやろうと思ったんですよ。けど、功を急ぐのはまずいだろうと考え直したんだ」

「賢い選択だったよ。銀行の支店長から口止め料をせしめた後、折原はどうしたんだ？」

「新宿区役所の裏手にあるレンタルルームに二十七、八歳のセクシーな女を呼び出して、ナニしたんだ。その女は人妻らしいんだが、夫の弟ともデキてたみたいなタマでね」

「レンタルルームで、浮気妻を抱いてたのか。ラブホに行く金がないわけじゃないんだろうにな」

「折原は次の予定があるんで、レンタルルームで浮気妻にいきなりペニスをくわえさせた後、バックから突っ込みやがった」

「野中、ドアの前で聞き耳を立ててたのか？」

「当たり！　浮気妻でも強引に姦《や》られたら、かわいそうでしょ？　そうだったら、おれ、彼女を救《たす》けてやろうと思ったんですよ。でも、浮気妻は淫《みだ》らな声をあげてた」

「その女は淫乱なんじゃないのか」

真崎は苦笑した。

「ああ、スケベな女なんでしょう。自分で尻《けつ》を振って、おっぱいとクリトリスをいじってたようだったから」

「おまえ、ドアとフレームの間から覗き込んでたんじゃないのか」

真崎は茶化した。

「一瞬、そうしようと思いました。だけど、そこまではちょっとね。でも、浮気妻の喘《あえ》ぎ声や結合部の湿った音にはそそられましたよ。ソファの軋《きし》む音も刺激的だったな」

「思わずエレクトしてしまったか。どうなんだ?」

「そこまではいかなかったけど、生唾《なまつば》が溜《た》まっちゃったな」

「その浮気妻とはレンタルルームで別れたのか?」

「そうです。女を先に帰らせると、折原は別のレンタルルームに移ったんだ。新宿東宝《とうほう》ビルのそばにある貸会議室です」

「そこにも、折原は不倫に走った女性を呼びつけてたのか?」

「おれはそう思ったんだけど、違ってました。折原のいるレンタルルームには数十分間隔《かんかく》で四人の女が入っていったんですよ。おれ、最初に出てきた二十代半ばの女に声をかけてみたんだ」

「女たちはどんな目的でレンタルルームに入っていったんだろう?」

「割のいいバイトがあるというネットの書き込みを読んで、指定されたレンタルルームに来たと言ってました。未婚の母で、金に困ってるようでしたね。デリバリーヘルスの仕事だろうと予想してたらしいんだけど、アブノーマルなセックスのパートナーを務めてくれれば、一回につき十万から十五万払うと折原に言われたそうなんだ」

「SMプレイの相手になってくれってことだな」

「そんな生易《なまやさ》しいもんじゃなく、主にスカトロジストを興奮させてくれとはっきりと言われたようだね。浣腸されたり、客の小便を飲まされると聞き、びっくりして逃げてきたらしいんです」

「ノーマルな女性は、そこまではやれないよな。ほかの三人にも声をかけてみたんだな?」

「ええ。二番目と三番目に出てきた未婚の母は、そんな変態どもの相手なんかできないと逃げてきたと言ってました。でも、最後に出てきた二十九歳のバツイチの女は、幼い子を二人抱えて生活が大変なんだってさ。子供たちを自分の母親に面倒見てもらって、二つの仕事を掛け持ちしてたらしいんですよ」

「無理がたたって、体を壊《こわ》しちゃったんじゃないか」

「そう言ってました。それで福祉事務所を訪ねて、生活保護を受けたいと相談したら、職員に『夜の仕事をすれば、若いサラリーマンよりずっと稼げますよ。母親としての自覚があるなら、それぐらいの努力をしたら?』と冷たくあしらわれたみたいだな」

「冷たい職員だな。シノギができなくなった組員が区役所や福祉事務所の窓口で刺青《スミ》をちらつかせただけで、すんなり生活保護給付金を受給させてるのに、立場の弱い者たちには情《じょう》のないことを言う職員が少なくないそうだ」

「そいつらの銭《ぜに》じゃないのに、相手によって対応が大きく違う。そういう奴らはぶっ殺してやりたいね」

「野中の気持ちはわかるよ。もう何年も前のことだが、不当な理由で生活保護の給付を一方的に打ち切られた三人の子持ちのバツイチの女性が餓死したことがあった」

「そのことは憶《おぼ》えてますよ。その母親は子供たちには三度の食事を与え、自分は食べた振りをしてたんでしょ？」

「そう。餓死した女性は体重三十数キロまで痩《や》せて、ほとんど皮と骨だったようだな。そのせいか、目玉がやけに大きく見えたそうだ」

「無駄な公共事業に巨額の税金を投じる前に社会的弱者に救いの手を差し伸べるべきなのに、政治家や官僚は薄情すぎますよ。利己的な奴が多いから、世渡りの下手《へた》な人間には目を向けようとしないんだろうな。自助努力が足りないと斬り捨てた閣僚もいたっけ」

「そうだったな」

「二人の子供に満足な暮らしをさせられてないと悩んでるシングルマザーはホステスになって生活費を捻出《ねんしゅつ》しようと思って、バーやスナックの求人に応募してみたらしいんですよ。だけど、容姿《ようし》が地味なんで……」

「採用してくれる酒場はなかったんだな。で、生きるために性的なサービスをするしかないと、ネットの書き込みを見てレンタルルームで面接を受けたわけか」

「そういう話だったね。だけど、スカトロジスト相手じゃ、どんなに金になってもノーサンキューでしょ？」

野中が言った。

「同じ性癖《せいへき》のある女じゃなけりゃ、まず無理だろうな」

「そうだよね。本当に金に詰まってそうだったんで、体を売る気があるんだったら、稼ぐ方法はあるって教えてやったんだ。おれ自身は管理売春《マメノシル》のカスリを取るのは気が進まないけど、追分組が仕切ってる売春クラブは五千円しかハネてないから、ま、良心的でしょ？　だから、その気になったら、おれに連絡してくれってスマホのナンバーを教えてやったんですよ」

「そうか。野中のことだから、その彼女に何か子供におやつでも買ってやれって万札を渡したんだろうな」

「えっ」

「図星だったらしいな。いい奴だな、おまえは。やくざにしておくのは惜《お》しいよ。刑事部長に頼んで、野中を〝民間刑事〟にしてもらうか」

「半分冗談だろうけど、真崎さんにそう言ってもらえると嬉しいですよ。だけど、真崎さんに無理させたくないから、いまの形でいいって。それに、現役の組員のほうが裏のネットワークを使いやすいからね」

「それもそうだな。野中、単なる偶然なのかもしれないが、寺町岳人も個人的なシノギで変態相手の売春クラブを運営してるみたいなんだよ」

「そうか、そういう話だったね。もしかすると、折原はその売春クラブの娼婦集めを請け負ってるのかもしれないな」

「そうだったとしたら、戸部由起殺しと田久保射殺事件はリンクしてるとも考えられるぞ。二つの事件にまるで繋がりはないと思ってたが、どこかで関連があるのかもしれない」

「おれも、そう思えてきましたよ。いま折原はレンタルルームの近くのレストランで夕飯を喰ってるんだ。引きつづき奴の動きを探ってみます」

「そうしてくれないか。おれは寺町岳人をマークしてみるよ」

真崎は私用のスマートフォンを所定のポケットに突っ込んだ。

4

目的地はどこなのか。

まるで見当がつかない。真崎はマイカーでドルフィンカラーのＢＭＷを追尾《ついび》していた。中央《ちゅうおう》自動車道の下《くだ》り線だ。

寺町が古ぼけたドイツ車で自宅マンションを後《あと》にしたのは、午後七時半過ぎだった。同乗者はいなかった。ＢＭＷは中央自動車道に入ってから、高速で走行中だ。少し前に上野《うえの》原ＩＣ《はらインターチェンジ》を通過した。

真崎は数台の車を間に挟んで慎重に尾行しつづけていた。

相棒の野中から二度目の電話があったのは午後七時前だった。レンタルルームを出た折原は歌舞伎町《かぶきちょう》にあるパチンコ屋に入り、何時間も玉を弾《はじ》きつづけているという。店内で誰かと落ち合う気配はうかがえないらしい。

折原が寺町の個人的なダーティー・ビジネスの手助けをしているかもしれないと考えたのだが、そうではなかったのか。野中は折原が帰宅するまで尾行をすると言っていたが、虚《むな》しい結果に終わってしまうのだろうか。

やがて、左手に談合坂ＳＡ《だんごうざかサービスエリア》が見えてきた。

寺町はサービスエリアで誰かと落ち合うことになっているのか。そうだとしたら、何か手がかりを得られるかもしれない。

真崎は密《ひそ》かに期待しながら、車のハンドルを捌《さば》きつづけた。

ＢＭＷはサービスエリアには寄らなかった。直進し、大月ＪＣＴ《おおつきジャンクション》から河口湖《かわぐちこ》ＩＣに向かった。寺町は富士《ふじ》五湖周辺に別荘を持っているのか。

本線を外れると、車の数が少なくなった。真崎は減速し、たっぷりと車間距離を取った。ＢＭＷは一定のスピードで疾駆《しっく》している。尾行に気づかれてはいないだろう。

寺町の車は河口湖ＩＣから国道一三九号線に入り、鳴沢《なるさわ》村方面に向かった。道なりに進めば、青木ケ原《あおきがはら》樹海を抜けて精進湖畔《しょうじこはん》に達する。

真崎はBMWを追いつづけた。

寺町の車は精進湖の脇を通り抜け、本栖《もとす》交差点を右折した。真崎はつづいた。BMWは本栖湖を左手に眺めながら、湖岸道路を進んだ。

やがて、烏帽子岳《えぼしだけ》の登山口の手前の林道に入った。真崎もアテンザを右折させ、スモールランプに切り替えた。視界が悪くなるが、尾行を覚《さと》られたくなかったからだ。
七、八百メートル先で、BMWが急停止した。次の瞬間、炸裂音《さくれつおん》が轟《とどろ》いた。赤みを帯びたオレンジ色の閃光《せんこう》も走った。
どうやら何者かが待ち伏せして、BMWに手榴弾《しゅりゅうだん》を投げつけたようだ。ドイツ車のフロントグリルは破損したらしく、白い蒸気を噴《ふ》き上げていた。寺町が運転席を離れる。

真崎は林道の端に車を停め、運転席から出た。

前方から寺町が駆けてくる。後方を気にしている。追っ手の影が見えた。人影は二つだった。

「何があったんです？」

真崎は寺町に訊いた。まだ面は割れていない。顔を知られても問題はないだろう。

「く、車に手榴弾を投げつけられたんです。ブレーキをもっと遅く踏み込んでたら、わたしは爆死してたでしょう」

「誰に命を狙《ねら》われてるんです？」

「わ、わかりません。そこの赤い車は、あなたのでしょ？」

「そうです」

「わたしを助手席に乗せてください。そして、林道を大急ぎでバックしてくれませんか。早く逃げないと、殺されてしまう。お願いします」

寺町が両手を合わせた。

「わかりました。助手席に乗ってください」

「は、はい」

「急いで！」

真崎は寺町の背中を押した。

寺町が車を回り込む。真崎は先に運転席に腰を沈めた。寺町があたふたと助手席に乗り込む。真崎はエンジンを唸《うな》らせた。シフトレバーをR《リヴァース》レンジに移し、アクセルペダルを踏み込む。

二人の男は四、五十メートル先まで迫っていた。どちらも黒いフェイスマスクを被《かぶ》っている。ともに拳銃を握っているようだが、暗くて視認はできなかった。

ほどなくアテンザは湖岸道路に達した。車の向きを変え、湖岸道路を巡りはじめる。

「早く明るい場所に行ってください。本栖湖の周辺は暗いから、危険ですよ。わたしを追ってきた二人はハンドガンを持ってたみたいなんです」

「なぜ、あんな目に遭《あ》ったんです？」

　真崎は探りを入れた。

「わかりません。思い当たるようなことはありませんので、誰かと間違われてるんだと思います」

「そうなんだろうか。林道の奥にセカンドハウスがあるんでしょ？」

「ええ。別荘に向かってたんですよ」

「近くに別荘が何軒もあるのかな。こっちは道を間違えて、うっかり林道に車を入れてしまったんですよ」

「そうだったんですか。わたしの山荘の近くには、別荘や民家はまったくありません。別荘地から外れた場所に六百坪の土地を購入して、山荘を建てたんです」

「それなら、襲撃者たちはあなたの別荘の近くに家屋がないことを知ってて、待ち伏せしてたんだろうな。人違いで、命を狙われたわけじゃなさそうですね」

「しかし、本当に思い当たることがないんですよ。数種のビジネスを手がけていますが、フェアな商売をしてます。人に恨《うら》まれるようなことはしてないので……」

「命を狙われる理由はない？」

「ええ」

寺町が小声で応じ、上体を捻《ひね》った。真崎もミラーを仰《あお》いだ。ヘッドライトの光輪が小さく見えた。

「さっきの男たちの車かもしれません。湖を回り込んで、河口湖ＩＣ方面に向かってくれませんか。そっちまで行けば、沿道に飲食店がありますんでね」

「そうしましょう」

「ご迷惑をかけます。あなたは地元の方ではありませんよね。うっかり林道に入ってしまったとおっしゃっていましたから」

寺町が言った。

「東京から来たんです。当てのないドライブをしてるうちに夜になったんで、安宿を探してたんですよ」

「そうなんですか」

「あなたの別荘に泊めてもらうかな」

「えっ」

「冗談ですよ。それほど厚かましくありません」

真崎は加速し、湖岸道路を一周した。気になる後続車は、黒のレンジローバーだった。真崎のアテンザを追走してくる。

一三九号線に戻ると、真崎はアテンザを河口湖ＩＣ方向に走らせた。二キロほど先で、急にレンジローバーが脇道に入った。ナンバープレートの二カ所が折り曲げられ、数字は二つしか読み取れなかった。

「街灯りを恐れて、レンジローバーは追跡を断念したようだな」

真崎は言った。

「そうなんでしょうか」

「回り道をして、林道に引き返すか。もう大丈夫だと思います。どこかで手榴弾の炸裂音を聞いた者が一一〇番していれば、林道に地元署の者がいるだろうから」

「あの付近には別荘や民家がまったくないんですよ。だから、誰も炸裂音は聞いてないでしょう。フェイスマスクを被った二人組がわたしのＢＭＷの近くに潜んでるかもしれないな」

「別荘には行かないで、今夜は近くのホテルか旅館に泊まったほうがよさそうですね」

「そうするわけにはいかないんです。親しくしてる女性が別荘に先に到着してるはずなんですよ。彼女をひとりで泊まらせるわけにはいかないので、別のルートで自分の山荘に行きます。申し訳ありませんが、別荘まで送っていただけますか？　当然、お礼はさせてもらいます」

「そういう気遣いは無用ですよ。困ったときはお互いさまですからね。道案内を頼みます」

「はい」

寺町が進むべきルートをわかりやすく告げた。真崎は車をUターンさせた。

精進湖の先で脇道に入り、烏帽子岳の麓《ふもと》から本栖湖側に回り込む。林道をしばらく進むと、急に視界が展《ひら》けた。

寺町の別荘は、三方を自然林に囲まれていた。敷地は広く、奥まった所にアルペンロッジ風の二階家が建っている。車寄せには、真紅のアルファロメオが駐めてあった。

「剝《む》き出しでは失礼ですが……」

寺町が札入れを摑み出し、万札を幾枚か抓《つま》んだ。

「礼なんか無用だと言ったはずだがな」

「でも、それでは……」

「本当にいいんですよ」

「なんか悪いな」

「客をあまり待たせないほうがいいんじゃないのかな。お寝《やす》みなさい！」

「お名前と連絡先を教えていただけませんか。後日、礼状を差し上げたいんです」

「おれは当たり前のことをしただけですよ。降りてくれないか」

「ご親切にありがとうございます。あなたのことは一生忘れません」

「オーバーだな。とにかく、降りてほしいな」

真崎は急《せ》かした。

寺町が曖昧《あいまい》に笑って、助手席から降りた。真崎は片手を軽く挙《あ》げ、アテンザを走らせはじめた。数百メートル先で、ブレーキペダルを踏む。

真崎はライトを消して、セブンスターに火を点《つ》けた。一服し終えたとき、私用のスマートフォンが懐で振動した。手早くスマートフォンを摑み出し、ディスプレイに目をやる。電話をかけてきたのは野中だった。

「折原の野郎、まだパチンコ屋にいるんですよ。今夜は閉店時間まで粘る気なのかもしれません。誰かと会う約束があったら、いつまでもパチンコ屋にはいないでしょ？」

「そうだろうな。パチンコ屋を出たら、まっすぐ自分の部屋に戻るんだろう。野中、もう尾行は切り上げてもいいよ」

「一応、折原が家《ヤサ》に戻るまで確認します。真崎さんのほうは、その後、どうなの？」

「いま寺町岳人は、本栖湖の近くにある別荘にいるんだ。別荘に到着する前に、正体不明の二人組が寺町の車に手榴弾を投げつけたんだよ」

真崎は前置きして、詳しいことを喋《しゃべ》った。

「その二人組は、組員っぽかったの？」

「フェイスマスクで面《つら》を隠してたし、暗かったんで、そこまではわからなかったな。そいつらはレンジローバーに乗ってたようだが、やくざはあまり四輪駆動車なんか転がしてないだろう？」

「多くの奴はね。けど、昔と違って組員も一色《ひといろ》じゃないんですよ。サーフィン好きやブレークダンスを趣味にしてる奴もいるな。追分組の者じゃないけど、ラッパーとして活躍してる男もいます」

「時代は流れてるんだな」

「ですね。だから、レンジローバーに乗ってる組員だっているかもしれませんよ。寺町は個人的なシノギのことを知られ、田久保にそっちの収益《アガリ》の何割かを寄越《よこ》せって威《おど》されてたようだったんだよね？」

「そう」

「田久保は生前、桜仁会系の企業舎弟《フロント》の社長か誰かに喋ってたんじゃないのかな。けど、寺町は要求を突っ撥《ぱ》ねた。で、田久保は桜仁会に動いてもらったのかもしれませんよ。それでも、寺町は〝内職〟の稼ぎの一部を吐き出そうとはしなかった。やくざが堅気《ネス》になめられっ放しじゃ、みっともなさすぎる」

「それだから、桜仁会は手榴弾で車ごと寺町を爆殺しようとした。野中はそう筋を読んだんだな？」

「ほかに何か考えられます？」

　野中が問いかけてきた。

「寺町はあくどい〝内職〟で別荘を手に入れたんだろう。変態相手の売春クラブで働いてる女たちが仕事を抜けようとしたときは、とことんヤキを入れてたのかもしれないぞ。ひどく痛めつけられた女が、知り合いの男たちに寺町を殺《や》らせようとしたとも考えられるんじゃないか」

「そういうことも考えられるか。寺町は親しい女が先に別荘に来てると言ったんでしょ？」

「ああ、そう言ってた。別荘には照明が灯ってたから、寺町の話は本当なんだろう」

「別荘にはカップルだけしかいないなら、真崎さん、寺町を締め上げるチャンスじゃないですか。カップルが入浴中かナニしてるときに建物の中に忍び込めば、素っ裸の二人は逃げたくても逃げられないからね」

「そうだな。きょうは丸腰だが、寺町を押さえ込むことはできるだろう」

「そうだろうけど、カップルが性行為に耽《ふけ》ってるときに押し入ったほうが、事はスムーズに運ぶ気がします。それはともかく、寺町が口を割りそうもなかったら、女を甘い拷問で追い込んでみたら？　フィンガーテクニックを駆使《くし》して、性感帯を刺激してから急に動きを静止する。そうやって焦《じ》らしまくれば、女はもどかしさに負けて寺町に関することを喋ってくれるんじゃないのかな」

「昔、流行《はや》った官能バイオレンスの主人公みたいなことはできない。おれは一応、現役の刑事だからな」

「真崎さん、優等生ぶらないでよ。それに近いことは一度や二度はしたんでしょ？　真崎さんは正義感が強いけど、違法捜査も平気でやっちゃうからな。といっても、女を追い込むのに荒っぽいことはしないタイプですよね？」

「女性に手荒なことをする野郎は、どいつもクズだよ」

「となったら、甘いリンチを加えるほかないでしょ？」

「おれはそんな卑劣《ひれつ》なことはしないし、逆に色目を使われても誘惑には乗らない」

真崎は言いながら、稲葉志穂のことを思い出していた。

「奥さんがいるんだから、そうとしか言えないでしょうね」

「本当のことだって。おれは、野中みたいな女狂いじゃないからな」

「女好きであることは認めますけど、病的な好色漢《こうしょくかん》じゃありませんよ。サービス精神が旺盛《おうせい》だから、多くの女を官能の海に溺《おぼ》れさせてやりたいんだよね」

「うまく逃げたな。折原が塒《ねぐら》に戻るのを確認したら、ホステスたちを侍《はべ》らせて豪快に飲んで疲れを吹き飛ばしてくれ。捜査費で酒代は払ってやるよ」

「そういうことなら、店を貸し切りにしてもらうか。冗談ですから、安心してください。酒はてめえの金で飲む。おれは博徒《ばくと》系のやくざだから、そう決めてるんです。真崎さん、捜査費の無駄遣いはいけませんよ。血税は大事に遣《つか》わせてもらわないと——なんてね」

野中がひとりで笑って、先に電話を切った。

真崎は私用のスマートフォンを所定のポケットに突っ込むと、静かに車のドアを開けた。それでも自然林の奥で、野鳥が羽音《はおと》をたてた。しかし、間もなく静寂に支配された。

空気が澄んでいるからか、夜空に散った星の瞬《またた》きが鮮やかに見える。美しく、幻想的だった。

靴音を殺しながら、ゆっくりと歩く。真崎は間もなく、寺町の別荘の前に達した。大きな門扉《もんぴ》は開け放たれている。広い敷地は丸太の柵《さく》で囲まれているだけだ。

真崎は屈《かが》み込んで、足許の小石を二つ拾い上げた。

一つを庭先に投げ込む。アラームが鳴ることはなかった。二つ目の小石を車寄せの近くまで飛ばした。

やはり、警報音は響かない。どこにも防犯センサーは巡らされていないようだ。門の近辺に防犯カメラは設置されていない。

真崎は堂々と門から寺町の別荘の内庭に入った。

すぐに庭木の中に隠れ、じっと息を潜める。何も起こらない。真崎は中腰で樹々の間を縫《ぬ》いはじめた。家屋までは割に距離があった。アルペンロッジ風の建物は、後ろの自然林を背負う形でそびえている。高床式の造りで、ほぼ中央に大きなポーチがあった。

玄関灯で明るい。左側にサンデッキが設《もう》けられている。L字形で、かなり広い。

真崎はサンデッキの左手に回り込み、短い階段を上がった。

姿勢をできるだけ低くして、角の大広間《サロン》と思われる部屋に近づく。白いレースのカーテンでガラス戸は塞《ふさ》がれているが、電灯の光はサンデッキの中ほどまで届いていた。

真崎は外壁にへばりついて、少しずつ横に移動しはじめた。大胆に動いたら、室内からでも人影は透《す》けて見えてしまうだろう。

真崎はガラス戸ぎりぎりまで近寄り、サロンを覗《のぞ》き込んだ。

危《あや》うく声をあげそうになった。純白のシャギーマットの上で、裸の男女が重なっていた。寺町岳人と荻野目千佳だった。

寺町は千佳の両脚を肩に担《かつ》ぎ上げ、腰を躍《おど》らせていた。千佳の体は大きく折り曲げられている。律動はリズミカルだ。

寺町が突くたびに、両肩に掛けられた白い脚が大きく揺れる。エロチックな眺《なが》めだ。

千佳は眉根《まゆね》を寄せ、顔を小さく振っていた。口は半開きだった。時々、舌の先で上唇に湿《しめ》りをくれる。深い快感を覚えているのだろう。

寺町は千佳の名を呼びながら、ダイナミックに動きつづけている。がむしゃらに突くだけではなく、腰を捻る。寺町は六、七回浅く突き、一気に奥まで分け入った。結合度が深まるたび、千佳は愉悦《ゆえつ》の声をあげた。その淫蕩《いんとう》な声はサンデッキまで届いた。

元予備校講師は田久保のダーティー・ビジネスの代行だけでは満足できなくて、個人的に裏ビジネスで荒稼ぎするようになったのだろう。その上、田久保の愛人も寝盗《と》ったようだ。

田久保はそのことを知って、寺町の〝内職〟の何割かを威し取ろうとしたのだろうか。そうだとすれば、背信行為の詫《わ》び料を払わせる気だったのではないか。

ところが、寺町は要求を突っ撥ねた。田久保は逆上し、親交のあった桜仁会の幹部の誰かに寺町に威しをかけてほしいと頼み込んだのかもしれない。

寺町は千佳を失いたくないという気持ちから、田久保を抹殺する気になったのではないか。そして、犯罪のプロに田久保を撃ち殺させたのだろう。

真崎は、二人の秘め事が終わるのを待つことにした。結合が解かれたら、大広間《サロン》に押し入る。そう段取りをつけていた。

突然、真崎は首の後ろに尖《とが》った痛みを感じた。手をやると、指先にアンプルが付いた吹き矢状の物が触れた。

それを引き抜こうとしたら、激痛に見舞われた。矢の先には、返しが付いていた。真崎は低く唸りながら、サンデッキに片膝をついた。首の痛みに加えて、全身が痺《しび》れてきたのだ。麻酔ダーツ弾を撃ち込まれたのだろう。

真崎は上体を捻って、闇に目を凝《こ》らした。動く人影は見当たらない。麻酔ダーツ弾を放った相手は地に伏せているのか。それとも、いち早く逃げたのだろうか。

「くそっ」

真崎は片方の膝を発条《ばね》にして、勢いよく立ち上がろうとした。そのとき、体のバランスが崩れた。

真崎はサンデッキに倒れ込んで数秒後、意識が混濁《こんだく》した。何もわからなくなった。

それから、どのくらい経過したのか。

真崎は夜露の冷たさを感じ、我に返った。別荘は真っ暗だった。物音も聞こえない。寺町と千佳は逃げたのではないか。真崎は起き上がって、サンデッキの端まで走った。真紅のアルファロメオは消えていた。

真崎は歯噛みして、手摺《てすり》を拳《こぶし》で打ち据えた。

第五章　歪《ゆが》んだ正義

1

信号が赤に変わった。

杉並《すぎなみ》区の四面道《しめんどう》交差点だ。真崎は黒いスカイラインを穏《おだ》やかに停めた。自分専用の覆面パトカーだ。環八《かんぱち》通りである。

寺町岳人と荻野日千佳が姿をくらましたのは一昨日だった。真崎は、寺町の別荘に不法侵入した。残念ながら、犯罪に関わりのある物品は何も見つからなかった。真崎は別荘を出る前に別働隊に連絡して、幹線道路を通る車のナンバー自動読み取り装置《Nシステム》をチェックしてもらった。

しかし、アルファロメオは一台も大きな幹線道路を通っていなかった。どうやら寺町たち二人は市道と町道だけを走って、山梨《やまなし》県から県外に逃《のが》れたようだ。別働隊が二人の行方を追ってくれているが、いまも所在はわかっていない。

寺町が千佳と一緒に別荘から消えたのは、身に危険が迫ったと感じたからだろう。サンデッキにいた真崎を麻酔ダーツ弾で眠らせたのは、寺町の右腕である佐久間文和《さくまふみかず》なのではないか。刑事の勘《かん》だった。

真崎はきのうの午前六時過ぎから深夜まで、佐久間の動きを探《さぐ》った。しかし、寺町の潜伏先に向かうことはなかった。

捜査資料によれば、三十二歳の佐久間は超難関の大学院で工学博士の博士号を取得した。研究者志望だったが、ポストにまったく空きがなかった。やむなく佐久間は東証一部上場の機械メーカーに就職したが、正社員として採用されたわけではなかった。

契約社員として二年間働いたが、三年目には肩叩《たた》きに遭《あ》ってしまった。すっかり自信を失った佐久間は上井草《かみいぐさ》三丁目にある生家に引き籠《こも》り、うつうつと暮らしていた。

寺町はそんな佐久間を自分のグループに誘って、参謀として扱っていたようだ。佐久間は自分を必要としてくれた寺町の期待に応える気になったらしく、ダーティー・ビジネスに励《はげ》んできたと思われる。

真崎は、寺町が必ず佐久間に連絡をすると睨《にら》んだ。しかし、前日は空振りに終わってしまった。

相棒の野中は引きつづき折原をマークしたが、特に収穫はなかった。いまのところ、折原と寺町が繋がっているという確証は得ていない。

母方の祖父母に引き取られた戸部陽菜は翔太が一緒のせいか、一度もめそめそするようなことはなかったそうだ。戸部由起の両親は事件が落着するまで『下北沢コーポ』の一〇五号室を引き払うつもりはないらしい。

信号が青になった。

真崎は覆面パトカーを走らせはじめた。ショルダーホルスターには、ベレッタ92FSを納めてある。フル装弾してあるが、むろん安全装置は掛けてあった。特殊警棒と手錠はグローブボックスの中だ。

道なりに進んで、清水《しみず》三丁目交差点を左折する。早稲田《わせだ》通りを数百メートル走り、今度は右に折れた。少し先に、佐久間の実家がある。敷地は七、八十坪で、二階建ての洋風住宅だ。割に新しい。四、五年前に建て替えたのではないか。

真崎はスカイラインを佐久間宅の数軒手前の民家の生垣《いけがき》に寄せた。

数分遣《や》り過ごしてから、さりげなく運転席を離れる。まだ午前九時前だ。真崎は通行人を装って、佐久間宅の前を通過した。

低い門扉《もんぴ》越しに庭を覗《のぞ》くと、佐久間文和が芝生《しばふ》に水を撒《ま》いていた。プリントTシャツを着て、白っぽいハーフパンツを穿《は》いている。細身で、真面目《まじめ》そうだ。

十数人で構成されている高学歴犯罪者グループのメンバーには見えない。だが、寺町をリーダーとする集団は射殺された田久保に頼まれて、投資詐欺や誘拐ビジネスを請け負っていたはずだ。

リーダーの寺町は貧困シングルマザーやネットカフェ難民を使って、さまざまな違法ビジネスで荒稼ぎしたと思われる。巧《たく》みに証拠が隠されたことで、寺町たち一味は誰も検挙されていない。

先夜、愛人宅の近くで撃ち殺された田久保豊も同じだ。田久保や寺町の犯罪を揉み消している有力者が背後にいそうだが、その人物はまだ透《す》けてこない。

真崎は適当な所で踵《きびす》を返し、スカイラインの中に戻った。張り込んで一時間が流れたころ、野中から電話がかかってきた。

「対象者《マルタイ》の折原は部屋から出てこないが、裏のネットワークで気になる情報を得たんですよ」

「どんな？」

「高飛びの手助けをしてる外国人グループが昨夜、日本人のカップルを漁船と釣り船をリレーさせて、宮古島《みやこじま》まで運んだようなんですよ。男は三十四、五で、女は二十八、九だという話らしい」

「年恰好《としかっこう》は寺町岳人と荻野目千佳に似てるな。その男女は宮古島沖で、中国の密航船に乗せられるのかな？」

「そうじゃなく、海上で台湾《たいわん》の漁船を装った密航船に乗る予定だったみたいですよ。男は中村《なかむら》、女は進藤《しんどう》と名乗ってるそうですけど、どうせ偽名でしょうけどね」

「だろうな」

「その二人、寺町と千佳とは考えられませんか？」

「おれの勘《かん》では、そのカップルは別人だろうな」

真崎は言った。

「そう思ったのは、どうしてなんです？」

「寺町は個人的に違法ビジネスで甘い汁を吸うことを覚えてしまった。それに、逮捕される気配はないよな。台湾に逃げ込む必要なんかないじゃないか」

「待ってよ、真崎さん。寺町は田久保には内緒で個人的なシノギをやるようになって、おまけに千佳も寝盗《と》っちゃったんですよ。田久保は虚仮《こけ》にされたわけだから、桜仁会あたりに……」

「おれも、そんなふうに筋を読んだが、そうじゃないかもしれないと思いはじめてる。田久保が愛人を寺町に奪われたことに気づいた時期はわからないが、元予備校講師の〝内職〟を知って、収益《アガリ》の何割かを吐き出せと迫ったはずだ。寺町の裏切りを知った時点で、田久保は深い繋《つな》がりのある桜仁会に殺人依頼をしてもよさそうじゃないか。野中、そうは思わないか？」

「虚仮《こけ》にされたんだから、田久保は寺町を誰かに片づけてほしいと思うだろうな。だけど、寺町の儲《もう》けの何割かを寄越《よこ》せば勘弁《かんべん》してやるという気になりますかね。寺町は田久保の要求を拒《こば》んだ。元予備校講師には大物がバックについてるのかな」

「そうなのかもしれないぞ。寺町は、田久保が世話してた荻野目千佳を自分の情婦《おんな》にしたんだから」

「力のある黒幕が控えてたら、寺町は田久保や桜仁会の奴らに脅迫されても、別に怕《こわ》くないか。だから、殺し屋《プロ》に田久保を片づけてもらう必要はない。そうなりますね」

「寺町が田久保を軽く見てたのはダーティー・ビジネスの証拠を切札にしてたか、大物が背後にいるからなんだろう。その両方だったのかもしれないな」

「田久保は正業のほかに寺町をダミーの主犯にして、いろいろ裏ビジネスをやってた。でも、そのことで逮捕はされなかったってことは……」

「おそらく寺町の背後にいる有力者が、田久保の悪事を立件できないよう何か手を打ったんだろうな。もちろん、寺町の犯罪も揉《も》み消したにちがいない」

「そうだとしたら、田久保は寺町にどんなに虚仮にされても、とことん逆《さか》らったりできないだろうな。第三者に寺町を殺《や》らせたりしたら、バックにいる有力者を怒らせることになりますんで」

「そうだな」

「田久保は寺町を亡き者にするわけにはいかないよね。だけど、寺町のほうは目障《めざわ》りな田久保を誰かに片づけさせても別に問題ないでしょ？　だから、寺町が第三者に田久保を撃《ハジ》かせたんじゃない？　真崎さん、そうなんだと思うな」

　野中が興奮気味に言った。

「寺町が本気で千佳に惚《ほ》れてたとしたら、田久保の存在はうっとうしいだろう。だからといって、第三者にわざわざ田久保を片づけさせるかな。千佳は心を寺町に移したんだろうから、田久保に奪い返されることはないはずだよ」

「そうか。となると、いったい誰が田久保を消したんでしょうか。桜仁会の人間と田久保は揉《も》めてたのかな。増長しすぎてたんで、幹部の命令で……」

「その線も考えられるが、寺町の背後にいる人物が何らかの理由で田久保を斬り捨てる気になったのかもしれないぞ」

「謎の黒幕が殺し屋《プロ》を雇って、田久保を射殺させたのかな」

「根拠があるわけじゃないが、その疑いのほうが濃い気がするな」

「寺町の縁者に超大物政治家か、法務省高官がいるんだろうか。あるいは、検事総長クラスがいるんですかね」

「考えたくないが、警察関係者が寺町の後ろに控えてるのかもしれないぞ。警察官僚《キャリア》が犯罪の揉《も》み消しをした事例は数件、過去にもあったからな。だいぶ昔の話だが、裏金をネコババしたキャリアもいたし、納入業者に自宅の改築費用を肩代わりさせた偉いさんもいた」

「金と女に弱い男は少なくないですからね。有資格者《キャリア》たちが堕落《だらく》してるんで、下の連中も組関係者にたかったり、交通違反を見逃したりする。おれも現職のころは捜査費の水増し請求に加担したから、偉そうなことは言えないけどね」

「野中、そんなことをしてたのか⁉　けしからんな」

真崎は笑いながら、そう言った。

「そのぐらいはいいだろうって目をつぶってくれたのは、真崎さんでしょうが」

「えっ、そうだったっけ。だとしたら、巨漢の部下に気圧《けお》されて注意できなかったんだろう」

「よく言うな。それはともかく、折原はてっきり寺町の個人的なシノギに協力してると睨んでたけど、高学歴犯罪者グループのメンバーと接触してないんですよね。変態向け売春クラブの女たちをリクルートしてたことは間違いないんだけど」

「もしかしたら、折原は別の売春クラブに頼まれて人集めをしてたのかもしれないぞ。そうなら、シングルマザー殺しと田久保の事件《ヤマ》はリンクしてないことになる。おれは二つの事件はどこかで繋がってるような気がしてたんだが……」

「ええ、そう言ってましたよね。真崎さんがそう言ったんで、おれもそうだろうって思ってたんですよ。二つの事件が繋がってるんだったら、戸部由起が働いてた高級老人ホームも何か危《ヤバ》いことをしてたんじゃないのかな」

「野中、いいことに気づいてくれた。それ、考えられそうだな。といっても、田久保と同じように投資詐欺や誘拐ビジネスをしてたとは思えないが……」

「そんなことはしてないでしょう。寺町みたいな裏ビジネスをしてるとも考えられないな」

「ああ」

「高級老人ホームの運営には、だいぶ維持費がかかるだろう。で、もっともらしい名目で入所者たちから負担金をたくさん取ってるのかもしれませんよ」

「負担金の水増し請求をしても、入所者が何千人もいるわけじゃない。そういった手で得られる金は多額にはならないよ」

「確かに、そうだな。ほかにどんなことが考えられます？」

　野中が問いかけてきた。

「『セジュール成城』の入所者の中には、認知症などで判断力が低下した人もいるはずだよ」

「ええ、いるでしょうね。そういう入所者に身寄りがいない場合は、弁護士、司法書士、社会福祉士なんかが財産管理などを行なう成年後見人《せいねんこうけんにん》になってるんじゃない？」

「詳しくは知らないが、まだ判断力が正常なうちに任意後見人を選んで身許保証人になってもらったり、財産の管理を代行してもらうんだろう。あっ、田久保豊はもともと司法書士だったんだよな」

「おれも、そのことを言おうと思ってたんですよ。田久保は高級老人ホームに入所してる身寄りのない資産家を選んで任意後見人になって、預貯金を横領してたんじゃないのかな」

「そんなことをしても、すぐにバレちゃうだろうが?」

「それが可能らしいんですよ。経済やくざは公証役場の職員の私生活の弱みを握って白紙委任状を入手し、判断力の衰えた孤独な資産家の高齢者に予《あらかじ》め用意しておいた自分に都合のいい内容の遺言書をそっくり書き写させ、遺言公正証書を作成させてるんだってさ」

「嘘の遺言公正証書を切札にして、赤の他人の遺産を詐取《さしゅ》してるのか」

「公正証書作成費用は遺産の額によって違いますが、一億円程度なら八万円程度らしいんです。数十万の支出で五億、十億といった巨額の遺産が懐に入るんだから、おいしいよね。もちろん経済やくざ本人が任意後見人にはなれないから、悪徳弁護士や司法書士に遺産詐取の片棒を担《かつ》がせるわけですけど」

「そういう手口なら、まったくの他人の遺産を手に入れることもできるのか。この世は地獄だな」

「判断力が鈍《にぶ》った高齢者は死んでも、悪人どもに喰いものにされかねない。まさに地獄ですよね。もしかしたら、田久保は『セジュール成城』で暮らしてた身寄りのない資産家の任意後見人になって遺産を詐取してたんじゃないの？」

「そうなんだろうか。戸部由起は遺産詐取に気づいて、仕事帰りに田久保のことを調べ回ってたのか。そうだったとしたら、戸部由起は田久保が雇った奴に三鷹の雑木林の中で絞殺されたのかもしれないぞ」

「そう疑えなくもないですね。シングルマザーを津久井浜で拉致した二人組は、実行犯に被害者を引き渡しただけなんだろうな」

「多分、そうなんだろう」

「真崎さんは『セジュール成城』の理事長に聞き込みに行ってますよね？」

「ああ、水谷という理事長には会ったよ。後で理事長に電話をして、田久保が『セジュール成城』に入所してた高齢な資産家の任意後見人になってたかどうか訊いてみよう」

「そうしてみてください。ところで、折原は不倫カップルから口止め料をせしめたり、売春クラブのリクルーターをやってるだけじゃなく、誰かを〝人間バンク〟にしてるんで、定職に就かなくても喰っていけるんでしょうね」

「そうなんだろうな」

「折原は田久保か寺町の弱みにつけ込んで、月々の生活費をせびってたんだろう。おれ、折原の部屋に押し入って口を割らせます。もう泳がせなくてもいいと思いますよ」

「野中、もう少し待て。焦《じ》れったいだろうが、ちょっと辛抱《しんぼう》してくれ。折原に強請《ゆす》られてる相手が戸部由起の事件に深く関わってそうだからな」

「それだから、すぐに……」

「待てよ。折原に弱みを押さえられた奴は、田久保殺しにも絡んでるかもしれないんだ」

「えっ、そうなの⁉　戸部由起と田久保殺しは同一犯じゃないでしょ？」

「ああ、おそらくな。しかし、二つの事件は何らかの形でリンクしてると思う。どんな絡み方をしてるかは読めないんだがな」

「多くの難事件を解決してきた真崎さんがそう感じてるんなら、その通りなんでしょう。おれは折原の動きをマークしつづけるね」

「そうしてくれないか」

真崎は電話を切った。ミネラルウォーターを喉に流し込んでから、『セジュール成城』の代表番号をプッシュする。

電話を取ったのは、先日の女性ケアマネージャーだった。真崎は名乗った。

「戸部さんを殺害した犯人がわかったのですか？」

「そういう報告なら、いいんですが……」

「ごめんなさい。先走ったことを言ってしまって、失礼しました」

「気になさらないでください。ちょっと教えてほしいんですが、認知症などで判断力が低下した入所者はだいたい成年後見人か任意後見人がついているんでしょ？」

「ええ、そうですね。お子さんやお孫さん、それから甥《おい》や姪《めい》の方が成年後見人になっています。入所されている方はご高齢ですので、すでにご兄弟などは亡くなってる場合がほとんどなんですよ」

「血縁者がいない入所者は、家裁から選任された成年後見人の弁護士か、司法書士などが担《にな》ってる任意後見人が財産管理をしてるんですよね？」

「そうです。弁護士や司法書士をなさっている方が任意後見人を務めています」

「でしょうね。身寄りのないお年寄りが亡くなられた場合、遺産は区や生まれ故郷に寄贈されてるんですか？」

「一般的にはそういうケースが多いようですが、『セジュール成城』に七、八年入所されていた方が亡くなられて、遺産のすべてを施設に寄贈された方がお二人いらっしゃいました。どちらも戸部さんが介護してた女性でした。お二人とも九十代半ばで他界されたんですよ」

「そうですか」

「戸部さんは献身的にその方たちを介護していました。それですから、お二人とも自分が死んだら、全財産を戸部さんに相続させたいんだと職員たちに言ってたんですよ。まだ判断力があるうちにね。ですけど、認知症がだんだんひどくなって、ついに戸部さんの顔と名前が一致しなくなってしまいました」

「その方たちの任意後見人は、どなたなんでしょう？」

「植草昇平《うえくさしょうへい》という弁護士です。五十歳ぐらいの方で、優しい方ですよ」

「そうですか。この電話、理事長室に回していただけます？」

「わかりました。そのままお待ちください」

「はい」

真崎は口を結んだ。待つほどもなく、水谷理事長の声が耳に届いた。

「先日の刑事さんですね。ご苦労さまです。きょうはどのような……」

「唐突ですが、田久保豊という司法書士はご存じですか？」

「いいえ、存じ上げません」

「そうですか。植草弁護士のことは当然、ご存じですよね？　そちらに入所されていた身寄りのない高齢者の任意後見人をされていたようですから」

「よくご存じですな。まさか植草先生が戸部由起さんの事件に関与してたんではありませんよね。いや、そんなことは考えられないな。先生は理性的で、紳士的な方なんですよ。人格者ですね」

「もちろん、弁護士先生は捜査対象者ではありませんよ。さっき名前を挙げた司法書士が植草弁護士に接近して、何かを強《し》いた疑いはあるかもしれませんが……」

「先生は何を強要されたんでしょう」

「調べてみないとわかりません。そちらの施設で亡くなった高齢の入所者二名が全遺産を寄贈されたとか？」

「だ、誰から聞いたんです⁉　確かに七億数千万円を預からせていただきましたが、そのうち全額を世田谷区に寄附するつもりです」

「無欲ですね」

「おかげさまで、当所は黒字経営なんですよ。ですので、運営に支障はないんです」

「それは結構なことです。お仕事中にすみませんでした」

真崎はいったん電話を切って、峰岸参事官に連絡をとった。スリーコールで、通話可能になった。

「何か手助けが必要になったようだね」

「その通りです。別働隊のメンバーに、植草昇平という弁護士のことを調べさせてもらえますか」

「わかった。その弁護士が捜査本部事件に絡んでるかもしれないんだね。その植草が田久保を殺し屋《プロ》に始末させたんだろうか」

峰岸が言った。

「その疑いはゼロではないでしょうが、おそらくその弁護士は田久保に何か弱みを握られ、遺産詐取の片棒を担がされたんだと思います」

「話がよく吞《の》み込めないな」

「いま説明します」

真崎は経過を語りはじめた。

2

腹が鳴った。

いつの間にか、午後二時を過ぎていた。佐久間に動きはない。

真崎は助手席に手を伸ばして、コンビニエンスストアの名の入ったビニール袋を摑み上げた。中身は調理パンとペットボトル入りの清涼飲料水だった。張り込む前に購入しておいたのだ。

真崎は清涼飲料水を喉に流し込んでから、調理パンを頰張《ほおば》りはじめた。特にうまくはないが、とりあえず空腹感を満たせる。

真崎は昼食を摂《と》ると、煙草《たばこ》に火を点けた。

食後の一服は、いつもうまい。情事の後の煙草も格別な味がする。喫煙が健康を害することは間違いないだろうが、禁煙する気にはなれない。

短くなったセブンスターを灰皿に突っ込んだとき、上着の内ポケットで刑事用携帯電話《ポリスモード》が着信音を発した。真崎は手早くポリスモードを摑《つか》み出した。ディスプレイを見る。

発信者は片桐隊長だった。

「峰岸参事官の指示で、植草昇平弁護士に関する情報を集めました」

「ありがとうございます」

「追ってメールを送信しますが、植草弁護士は正義感の強い人物のようです。民事の弁護だけではなく、刑事事件も数多く手がけてますね。幾つか冤罪《えんざい》を晴らした優秀な弁護士ですよ」

「そうですか。ただ、女にだらしがないのかな？　もちろん、冗談ですが……」

「本人の私生活にはなんの問題もないようですが、家族に少しばかりね。奥さんに病的な万引き癖《ぐせ》があって、窃盗《せっとう》容疑で二度ほど書類送検されてます。しかし、心因性の犯行であることが明らかになって、不起訴処分になっています」

「奥さんは、いくつなんです？」

「植草弁護士よりも三つ年下で、四十七歳です。夫人は独身のころから心身症の気《け》があって、メンタル面で不安定だったようです。植草氏は神経過敏な奥さんを常に庇《かば》いながら、大事にしてきたようです。しかし、奥さんの万引き癖は直らなかったんでしょう」

「メンタルクリニックには通ってなかったんでしょうか？」

「幾つかの精神科に通ったようですが、心の安定は得られなかったんでしょうね」

「そうなんだろうな」

「奥さんは家族に自分が迷惑をかけていることを自覚してるので、十回近く自殺を図ったんですよ。幸い家族に発見されたので、いずれも未遂に終わりましたが……」

「奥さん以外の家族にも何か問題があるのかな？」

「二十八歳のひとり息子にロリコン趣味があるようで、暴力団組員の子供である幼女を児童公園から連れ去ろうとして、誘拐未遂容疑で目白署《めじろしょ》に連行されたことがあります。二年ほど前の事件なんですが、なぜだか起訴はされませんでした」

「植草弁護士が裏から手を回して、息子の犯罪を闇に葬《ほうむ》ったんだろうか」

真崎は言った。

「多分、そうなんでしょうね。弁護士の息子は三歳の幼女を公園から数十メートル連れ出した所で、園内にいたお母さんたちに呼びとめられたようなんです。お母さんのひとりが一一〇番通報してたので、植草氏の長男は所轄署に連行されたわけですよ。幼女を連れ去る気はまったくなかったと供述し、父親に連絡してくれと繰り返したようですね」

「植草弁護士は驚いて、目白署に駆けつけたんでしょ？」

「ええ。そして、息子に犯意があったのかどうか何度も確かめたそうですよ。息子は幼女があまりに愛くるしかったんで、公園近くの菓子店でキャンディーを買い与える気になっただけだと言い張ったようです。そのことは、目白署で確認済みです」

「そうですか」

「署長は弁護士親子の言い分を聞いて、示談を提案したようです」

「誤認逮捕だと騒がれたら、面倒なことになると判断したんでしょうね」

「ええ、おそらく」

「幼女の父親は、どこの組員なんです？」

「桜仁会大石《おおいし》組の準幹部の足立泰造《あだちたいぞう》、四十四歳です」

片桐が答えた。

射殺された田久保は、桜仁会の企業舎弟の経営相談に乗っていた。植草弁護士の息子が幼女誘拐未遂騒ぎを起こしたことを桜仁会関係者から聞きつけ、悪謀《あくぼう》を巡らせたのではないか。

息子の不始末をマスコミに流されたら、植草弁護士の立場は悪くなる。最悪の場合は廃業に追い込まれるかもしれない。

植草は田久保に脅迫されて、『セジュール成城』に入所していた身寄りのない資産家老人たち二人に用意していた遺言内容をそっくり書き写させ、総額七億数千万円を高級老人ホームに寄贈させたのではないだろうか。

推測が正しければ、田久保と水谷理事長は結託していたと思われる。悪事に加担させられた植草弁護士が犯罪のプロに田久保を始末させたのか。

その疑いがないわけではないが、自殺行為に等しいだろう。弁護士が射殺事件に絡んでいないとしたら、必然的に『セジュール成城』の水谷理事長が怪しくなってくる。

田久保と水谷がつるんで、身寄りのない資産家入所者二人の遺産を騙し取った疑惑は拭《ぬぐ》えない。二人は取り分を巡って対立したのか。そういう経緯があって、水谷理事長は誰かに殺人依頼をしたのだろうか。

容疑者が次々に出てきたことで、真崎は頭が混乱しそうだった。

「息子の幼女連れ去りが表沙汰《おもてざた》になったら、植草弁護士の人生は暗転してしまうでしょうね。しかし、弁護士を窮地に追い込むような者はいないんでしょ？」

「いるのかもしれません」

「誰がそんなことを……」

片桐が先を促《うなが》した。真崎は自分の推測を喋った。

「捜査本部事件の被害者《マルガイ》が『セジュール成城』の水谷理事長と共謀して身寄りのない資産家の入所者の多額の遺産を詐取してたんだとしたら、植草弁護士が誰かに田久保を殺害させたとも考えられますね。弁護士は子供の不始末で威《おど》され、犯罪の手助けをさせられたようですので。法律家としては、とても我慢のならないことだったと思います」

「ええ、そうですね。しかし、弁護士が殺人教唆《きょうさ》をする気になるでしょうか。息子の犯罪をうやむやにしたとはいえ、法律家なんです」

「言われてみると、そこまで分別を忘れたりしないでしょうね」

「となると、高級老人ホームを運営してる水谷理事長が田久保を第三者に始末させた疑いが出てきます」

「そうだとしても、状況証拠だけでは任意同行を求めるわけにはいきませんよ」

「ええ、そうですね」

「その前に田久保が桜仁会と関わりのある者から、植草弁護士の息子の不祥事を聞いてたかどうかを確認する必要があるでしょう」

「ええ。幼女の父親の足立が組員仲間に連れ去り騒ぎの件を喋《しゃべ》った可能性は低くないでしょうが、裏付《ウラ》けを取らなければ、田久保が植草弁護士を悪事に引きずり込んだとは断定できません」

「片桐さんのおっしゃる通りですね。部下の方たちにそのへんのことを調べさせてもらえますか？」

「わかりました。植草弁護士に関する資料をそちらにメールしますね」

片桐が通話を切り上げた。真崎は刑事用携帯電話《ポリスモード》を懐に戻した。

それから間もなく、ノート型パソコンにメールが送られてきた。植草昇平の顔写真も届いた。現代美術家を自称しているという息子と妻の写真は含まれていなかった。

真崎は、弁護士に関するデータを読み込んだ。これまでの植草の弁護活動を考えると、誰かに殺人を依頼するような人物とは思えない。人権派とも言える五十歳の弁護士は青年のころから正義を貫き、高潔に生きてきたのだろう。妻子も大切にしてきたにちがいない。

植草は保身本能から息子の不始末を隠そうとしたのではなく、我が子の将来のことを考えたのだろう。子を持つ父親として、そう思いたい。

ノートパソコンを閉じたとき、野中から電話がかかってきた。

「折原の野郎、やっと家《ヤサ》から出てきました。いまは近所のファミレスで口髭《くちひげ》を生やした四十七、八の男と会ってる」

「そいつは筋者《すじもの》なのか？」

「いや、やくざ者じゃなさそうだね。けど、素《す》っ堅気《かたぎ》じゃないと思います。おれは二人のいる席から少し離れたテーブルで聞き耳を立ててるんだけど、断片的な会話しか聞き取れないんだ」

「おまえ、テーブル席に坐《すわ》って電話をしてるのか？」

真崎は確《たし》かめた。

「そんな失敗《ドジ》は踏まないって。トイレの近くの物陰に入って、真崎さんに電話してるんですよ」

「そうか。近くには誰もいないな？」

「ええ、人はいません。会話の遣《や》り取《と》りから察すると、口髭の男はＡＶ制作会社の社長みたいだな。けど、売上が右肩下がりなんで、サイドビジネスで儲《もう》けないと、会社が保《も》たなくなるだろうなんて零《こぼ》してた。それから、変態とプレイできる女をできるだけ多く集めてくれと折原に言ってましたよ」

「なら、折原は寺町の〝内職〟に協力してたわけじゃないのかもしれないな」

「真崎さん、おれもそう思いました。寺町も売春の斡旋《あっせん》で荒稼ぎしてるんだろうが、折原は口髭の野郎に頼まれて、スカトロジストの相手ができる貧困女子を探してたんじゃないのかな」

「多分、そうだったんだろう」

「でも、折原は元予備校講師の寺町がダーティー・ビジネスで荒稼ぎしてる証拠を握って、口止め料を毎月せしめてたんじゃない？」

「こっちもそう考えてたんだが、強請《ゆす》ってる相手は寺町岳人じゃなさそうだな。折原が寺町の周辺を嗅《か》ぎ回ってる事実を摑んだわけじゃないから、おれの早とちりだったのかもしれない」

「そう考えたほうがよさそうですね。折原は誰の弱みにつけ込んで、充分すぎる生活費を得てるんだろうな。まさか自分の銀行口座に銭《ぜに》を月々、振り込ませてないよね？」

「それはないだろう。口止め料の類《たぐい》を振り込ませたら、恐喝の証拠になる。恐喝されてる相手だって、口止め料を払ってることを誰にも知られたくないはずだ」

「ええ。口止め料は手渡しで受け取ってるんでしょう」

「野中、それも考えにくいな。双方が定期的に会うのは面倒臭いだろうし、ある意味では危険だ。誰かに不審がられる恐れがあるじゃないか」

「確かにね。折原は口座屋から他人の銀行口座を買って、強請ってる相手に定期的に振り込ませてるんでしょう」

「あるいは、知り合いの口座を使わせてもらって、すぐに金を引き出してもらってるのかもしれない。むろん、その知人には多少の謝礼を払ってな」

「そうでしょうね。口髭の男を先に締め上げて、折原に変態とプレイしてもいいという女を探させてるかどうか吐かせる。それから、折原を追及します」

「そうしてもらおうか。野中、あんまりハードに痛めつけるなよ。口髭の男が大怪我を負ったら、おまえは警察に追われることになるぞ」

「手加減しますよ。おれ、そろそろ席に戻るね」

野中が電話を切った。

真崎はスマートフォンを所定のポケットに戻すと、頭を軽く叩いた。シングルマザー殺しの犯人捜しを中断せざるを得なくなったせいか、いつものように特捜指令に神経を集中できない。だから、筋を正しく読めなくなっているのだろう。

ただ、まるで繋がりのない二件の殺人事件はどこかでリンクしている気がしてならない。その接点が透《す》けているわけではなかったが、真崎は確信に近いものを覚えていた。

妻の美玲が電話をかけてきたのは十数分後だった。

「少し前に陽菜ちゃんが電話してきたのよ。といっても、番号を押したのはお祖母ちゃんだったんだけどね」

「お祖母ちゃんの所にいたくないって言いだしたのか?」

「ううん、そうじゃないの。陽菜ちゃんったらね、翔太をお祖母ちゃんちの子供にしてくれないかって言いだしたのよ。一生のお願いだなんて、真剣に頼むもんだから、返事に困ったわ」

「翔太は、すっかり陽菜ちゃんに気に入られたようだな。で、美玲はどう返答したんだい?」

「『翔太はひとり息子だから、養子に出すわけにはいかないのよ。反対に陽菜ちゃんこそ、おばさんちの子供になってくれないかな。そうすれば、翔太と毎日遊べるでしょ』って言ったの。陽菜ちゃんは少し考えてから、『あたしのママは星になったけど、いつか天国から戻ってくると思うから、おばさんの子供にはなれないわ。それに、お祖父ちゃんたち二人ががっかりすると思うの。だから、あたし、ずっと練馬のお家《うち》にいる』って答えたわ」

「陽菜ちゃん、お姉さんになったじゃないか。もう何日か経《た》ったら、翔太がいなくてもお祖母ちゃんちにいられるようになるだろう」

「そうでしょうね。野中さん、早く陽菜ちゃんのお母さんを殺した犯人を突きとめてくれるといいけど」

「そうだな。翔太がいないんで、淋《さび》しいんじゃないのか？」

「ええ、そうね。任務をほったらかして、家に戻ってくれる？」

「寝具を敷いて裸で待っててくれと言いたいとこだが、そうはいかないな。今夜は一緒に寝よう」

真崎は冗談めかして言い、アイコンに触れた。だが、本気で妻と肌を重ねる気持ちになっていた。

野中から電話があったのは、十分ほど経過したころだった。

「口髭の男はやっぱりAV制作会社の社長で、変態相手の売春クラブを裏ビジネスにしてるらしいんですよ。先にファミレスを出た男を駐車場の陰に連れ込んで急所を蹴り上げたら、すぐにビビった。おれが堅気じゃないと感じ取ったらしくて、股間を押さえつつ分厚い札入れを差し出したんだ」

「野中、万札をごっそり抜き取ったんじゃないだろうな？」

「そうしようと思いましたけど、やめときました。相手に折原が誰を強請《ゆす》ってるか訊いてみたんだが、本当に知らない様子だったな。で、おれは組のベンツで『エルコート参宮橋』に向かったんです」

「折原は誰を強請ってるか吐いたのか？」

「それが思いがけないことになったんですよ。三〇三号室のインターフォンをいくら鳴らしても、折原はドアを開けようとしなかった。ドア・スコープでおれの面《つら》を見て、強請ってる相手が刺客《しかく》を放ったと思ったんだろうな」

「折原は部屋のベランダから、二〇三号室に逃げ込もうとしたんじゃないのか？」

真崎は言った。

「そうするつもりだったんだろうが、足を滑らせてマンションの裏庭に転落した。おれはすぐに一階に駆け降りて、建物の裏側に回り込みました」

「三階のベランダから転落したんなら、重傷だったんだろうな」

「折原は首の骨を折ったらしくて、もう死んでました。マンションの入居者に目撃されたら、面倒なことになるんで……」

野中が言い澱《よど》んだ。

「現場から離れたんだな？」

「そうなんだ。誰にも見られてないでしょうが、いったん消えるべきだと思ったんですよ」

「そうか」

「折原が死んだんで、誰を強請ってたのかを本人に吐かせられなくなってしまいました。真崎さん、悪いね」

「おまえが謝《あやま》ることはないさ。運が悪かったんだよ、折原は。野中、もう『エルコート参宮橋』には近づくな。おれは寺町の参謀をマークしてみる」

真崎は佐久間に関する情報を野中に教えてから、電話を切った。

3

ベンツがすぐ脇を抜けていった。

見覚えがあった。野中が乗り回しているドイツ車だ。真崎はフロントガラス越しに視線を投げた。

ベンツは数十メートル前方の端に停まった。佐久間宅の少し手前だった。野中がすぐに運転席を出て、蟹股《がにまた》でスカイラインに近づいてくる。妻と電話で喋ってから、三十分近く過ぎていた。

野中がスカイラインの助手席に乗り込んできた。真崎は先に口を開いた。

「どうしてこっちに来たんだ？」

「いったん組事務所に向かったんだけど、二つの殺人事件がリンクしてるんなら、おれが佐久間って奴の動きを真崎さんの代わりに探ってもいいなと思ったんですよ。佐久間が寺町岳人の潜伏先に行く可能性は高いんでしょ？」

「ああ、そう思ってる。佐久間は、寺町の右腕みたいだからな。ダーティー・ビジネスに関する遣《や》り取りはメールでやってるんだろうが、二人が直《じか》に会わなければならないこともあるはずだ」

「そうでしょうね。寺町が荻野目千佳を連れて高飛びする気でいるなら、手渡ししなければならない品物もあるでしょうし。佐久間の尾行は、おれに任せてよ。真崎さんは、別の疑わしい奴をマークしてください」

「植草という弁護士と田久保に接点があるかどうかは別働隊に調べてもらうことにしたんだよ」

「そうなんですか」

「『セジュール成城』の水谷理事長が、田久保に弱みを知られた植草弁護士を脅迫して入所者二人から七億数千万の遺産を詐取した疑いはあるんだが、敵は警戒してるにちがいない」

「水谷理事長をマークしても、尻尾《しっぽ》は摑めそうもないでしょうね」

「ああ、まずな。だから、先に寺町岳人が田久保の事件に関与してるかどうかを確かめたいんだよ」

「なら、佐久間が外出したら、二人でリレー尾行しましょうよ。単独で追尾《ついび》してると、対象者《マルタイ》に気づかれやすいから」

「わかった、そうしよう。佐久間が家から出てきたら、おれが尾けはじめる。野中は、こっちを追う形で従《つ》いてきてくれ」

真崎は言った。

「了解！　佐久間が歩いてどこかに行くようだったら、車は置いていくんですね？」

「そうだ。佐久間が車で出かけたら、おれたちは前後になりながら……」

「追尾する」

「そういう段取りだぞ」

「了解！　おれ、車に戻りますよ」

野中がスカイラインから降り、旧型のベンツに向かった。刑事のころからの肩をそびやかす癖《くせ》はいっこうに直っていない。直す気もないのだろう。

野中がベンツに戻って数十分が流れたころ、別働隊の片桐隊長から真崎に電話がかかってきた。

「植草弁護士と田久保は、同じ碁会所《ごかいしょ》に通ってたことがわかりました。そういう接点があったんですから、田久保が弁護士の弱みをちらつかせて、悪事に巻き込んだという読みは外れてないでしょう。さすがだな。猟犬以上の嗅覚をお持ちなんだろうな」

「感心されるようなことじゃないと思いますがね。強行犯係を数年やってれば、そのぐらいのことは……」

「わたしは殺人犯捜査の指揮をだいぶ前から執《と》ってきましたが、真崎さんに教えられるまで植草弁護士と田久保豊に接点はないと思っていました。二人は人間の種類が違うんで、まさか共通の趣味があるとは想像もしてませんでしたよ。現場捜査に携《たずさ》わった年数が少ないので、人間のことがよくわかってないんでしょう。いい勉強をさせてもらいました」

「そこまで言われると、なんだかからかわれてるような気がするな」

　真崎は微苦笑した。

「それは曲解です。素直に受け取っていただきたいな」

「わかりました」

「それから、わたしの部下たちを『植草法律事務所』に出向かせ、揺さぶりをかけさせましょうか？」

「片桐隊長、それはまだ待ってください。下手《へた》に植草弁護士を動揺させたら、田久保と同じように消されることになるかもしれませんので」

「『セジュール成城』の水谷理事長が殺し屋を雇うかもしれないとおっしゃりたいんですね。そうなら、田久保豊は水谷が差し向けた実行犯に殺害されたんではありませんか？」

「水谷理事長に疑わしい点があることは確かですよね。しかし、高級老人ホームの経営者が捜査本部事件の首謀者と断定するだけの材料は揃ってません」

「別の人間が主犯かもしれないと筋を読んでらっしゃるようですね」

「もしかしたら、そうなのかもしれないと思ってるだけです。田久保は金の魔力に克《か》てなくて、企業舎弟の経営相談に乗ってたような男です。その上、寺町岳人を使ってダーティー・ビジネスで荒稼ぎしてました。元予備校講師の寺町も人生の挫折《ざせつ》感を味わって、金を追い求めるようになったのかもしれません。田久保に内緒で個人的に裏ビジネスをしてるのは、とにかく金が欲しかったからなんでしょう」

「金の亡者に成り下がったんではないかということですね、寺町岳人は」

「ええ。寺町の汚れたビジネスに協力してる十数人の高学歴犯罪者たちも人生を設計通りに生きられなくて、捨て鉢《ばち》になったと思われます」

「いまの若い世代は、総じて堪《こら》え性がないようですのでね。辛抱《しんぼう》が足りないから、つい短絡的な考えになってしまうんでしょう」

「そういう傾向はありますよね。しかし、いまの社会は閉鎖的です。将来が明るいわけではありませんから、投げ遣《や》りになったり、不貞腐《ふてくさ》れたくもなるでしょう。夢の欠片《かけら》さえ摑めない時代でしょ？」

「ええ、まあ。といって、政治家や官僚だけを悪者にするのは考え方が狡《ずる》いんではありませんか」

　片桐が言った。

「そうですね。国民ひとりひとりが真っ当な世の中にしようと努力してこなかったんで、狡猾《こうかつ》で利己的な連中が自分たちにとって都合のいい社会にしてしまった。そういう奴らをのさばらせてはいけないのに、多くの国民は怒る前に諦《あきら》めてしまう。それでは、まともな社会になるはずありません」

「国の舵取《かじと》りをしてる政治家や官僚がおかしなことをしたら、みんなで抗議の声をあげるべきなんですが……」

「権力に逆らったりしたら、生きづらくなるとびくついてる者が多い。大多数の国民が骨抜きにされてしまってるから、社会はよくなるはずありません。かく言う自分も、社会改革をめざして何か行動を起こしてるわけではないんですがね」

「わたしも同じですよ。若いころは理想を掲《かか》げて生きていたんですが、いつの間にか小市民になってしまいました。堕落ですね」

「つい青臭いことを言ってしまいました。話を逸《そ》らしてしまって、すみませんでした」

「たまには理想論を語り合うべきなんでしょうね」

「話を元に戻します。『セジュール成城』の水谷理事長は田久保とつるんで身寄りのない資産家の入所者二人から七億数千万の遺産を騙し取った疑いがあるんですが、単に強欲だったんでしょうか。老人ホームを訪ねたとき、経営は安定してる様子だったんですよ」

「それなのに、遺産詐取が発覚するリスクを顧《かえり》みずに大胆な犯行に及んだんですかね」

「実は、そのことに引っかかってたんですよ。捜査員が臆測や勘だけで物を言うのは感心できることではないんですが、水谷理事長には何か目的があって汚い方法でまとまった金を工面《くめん》しなければならなかったのかもしれません」

「なるほど、そういうことも考えられますよね。その目的を果たすためには、リスキーなことも厭《いと》わない。それだけの覚悟をもって、入所者二人の遺産を自分のものにしたんですかね」

「そこそこの社会的地位を得た人間が肚《はら》を括《くく》るだけの何か理由《わけ》があったんじゃないのかな。そういうことがなければ、リスキーな犯行《ヤマ》は踏めないでしょ？」

「ええ、そうでしょうね」

「これも根拠があることではないんですが、水谷理事長には同じ目的を持つ共犯者がいるのかもしれませんよ」

　真崎は言った。

「共犯者がいるですって⁉」

「いるかもしれないと言ったんです」

「ああ、そうでしたね。『セジュール成城』の理事長に共犯者がいると仮定しましょうか。その仲間も何か違法な手口で、まとまった金を手に入れたとお考えですか？」

「その可能性はゼロではないでしょう」

「水谷理事長は共犯者と共同出資して、新事業を手がけるつもりなんだろうか」

「そうなのかもしれませんし、復讐を企《たくら》んでるとも考えられなくはないと思います」

「復讐ですか。水谷理事長と仲間の二人は何かで惨《むご》い目に遭《あ》わされたんですかね」

「本人が何か理不尽なことをされたか、身内の誰かがひどい目に遭ってしまったのか。そのどちらなんだろうか。それとも、家族ともども犯罪の被害者になったのかな」

「水谷理事長は体に障害はないんでしょ？」

「健康そのものですよ。家族の誰かが、ドラッグでラリってる奴の車に轢《ひ》き逃げされたんだろうか」

「その種の事件が何件か起こりましたね。昔は飲酒運転による人身事故が多かったのですが、最近は危険ドラッグを吸った若者が歩行さえも覚束《おぼつか》ないのに車を運転して通行人を次々に撥《は》ねる事件が増えてます」

「そうですね。水谷理事長の血縁者が通り魔殺人事件の被害者になったんだろうか。あるいは、爆弾テロの犠牲になったのかもしれませんね」

「復讐のための軍資金を捻出《ねんしゅつ》したくて七億円以上の遺産を詐取したとしたら、額が多すぎる気がします。報復殺人の成功報酬は高くても二千万以下でしょ？」

片桐が控え目に反論した。

「報復の相手はひとりや二人じゃないのかもしれませんよ」

「ああ、なるほど。何十人、何百人を抹殺する計画を立ててるとしたら、巨額な軍資金が必要だな」

「そうですね。片桐隊長、部下の方に水谷幸一の交友関係を調べてもらってくれませんか。共犯者を割り出せるかもしれませんので」

「わかりました」

「よろしくお願いします」

真崎は通話を切り上げた。

刑事用携帯電話《ポリスモード》を懐に戻す。真崎は田久保が富裕層の中国人から、日本の不動産を安く買い戻していた理由を考えはじめた。捜査本部事件の被害者の田久保は、中国人嫌いだったようだ。

金持ちの中国人が日本の不動産や水利権を買い漁《あさ》ることに腹を立てていたにちがいない。それだから、脅迫してでも富裕層の中国人から商業ビルやマンションを安値で買い戻したのだろう。

そして、そうした物件を日本人に転売して利鞘《りざや》を稼いでいたと考えられる。転売先はどこだったのか。

参事官から渡された捜査資料には、そこまでは記述されていなかった。田久保はリッチな中国人が所有していた国内の不動産を買い戻した後、複数のトンネル会社を挟んで転売先をぼかしたのではないか。そのせいで、捜査本部も最終的な転売先まで把握できなかったのだろう。

田久保が取得した不動産も明らかになっていない。おそらく自分が表に出ることを避けたくて、最初からペーパーカンパニーの名義で物件を買い戻していたのだろう。

田久保は転売をビジネスにするつもりで、裕福な中国人が買い漁った不動産を脅迫して超安値で入手し、幾つかのトンネル会社を経由して真の買い主に譲渡したのだろう。

買い主は転売目的で、何年かは不動産を寝かせておくつもりで買ったのではないか。だとしたら、相当な購入資金を用意しておかなければならない。高級老人ホームの理事長は田久保と共謀して入所者二人の遺産を詐取した疑惑があるが、その額は七億数千万円にのぼっている。

しかし、中国人資産家たちが取得した不動産を次々に買い戻すには少なくとも数百億円が必要だろう。大企業が購入資金を提供していたのか。いずれにしても、田久保と水谷の二人ではとても軍資金は調達できない。田久保の共犯者は大企業か、広域暴力団なのだろうか。そうだったとしたら、二人とも従犯にすぎなくなる。

田久保は先月、何者かに射殺された。ということは、裏にいる人物にうまく利用されただけと考えるべきだろう。

『セジュール成城』の水谷理事長が不動産の買い戻しの資金の一部を工面したくて入所者二人の遺産を騙し取ったのだとすれば、ただの従犯ではなさそうだ。それを裏付けるように水谷は誰にも命を狙われていない。

戸部由起は介護をしていた資産家入所者二人の遺産を『セジュール成城』の理事長が寄贈させていることに不審を感じ、密《ひそ》かに少しずつ調べていたのではないか。

推測通りなら、水谷はシングルマザー殺しに深く関与していそうだ。事件当夜、三鷹の雑木林の近くで、四、五十代の不審な男性が目撃されている。それは水谷だったのか。

理事長自身が自らの手を汚したとは考えにくい。水谷は実行犯が由起を絞め殺したか、自分の目で確かめたかったのではないか。しかし、わざわざ殺人現場に出向くのは、あまりにも無防備だ。それを承知で、水谷自身が戸部由起の口を永久に塞《ふさ》いだのだろうか。

真崎はふと思い立って、野中に電話をかけた。待つほどもなく、電話は繋がった。

「真崎さん、佐久間に外出する予定はないんじゃないの？」

「そうかもしれないが、まだ五時前だ。野中、焦《あせ》るな。対象者《マルタイ》が動きだすのをじっくり待とうじゃないか」

「そうするほかなさそうですね。ところで、おれに電話してきたわけは？」

野中が問いかけてきた。

「おまえに教えてほしいことがあるんだ。裏社会で警察に知られてない重大事件があるんじゃないのか？　そのことを教えてくれないか」

「関東やくざの御三家の本部に運ばれる予定の上納金が一年ちょっと前から、正体のわからない奴らに車ごと相次いで奪われた。だけど、警察に被害届を出せる銭じゃないでしょ？　二次、三次の下部団体《エダ》は覚醒剤《シャブ》の密売、恐喝、違法カジノ、債権回収なんかで稼いだ金の一部をどの組も本部に上納してるわけだから」

「そうだな。企業舎弟《フロント》にプールされてた裏金も狙われたんじゃないのか？」

「そういう話も耳に入ってるね。被害総額は二百五十億を超えてるだろうって噂が流れてたけど、真偽はわかりません」

「だろうな。奪われた上納金や裏金は、富裕な中国人たちが買い漁った日本の不動産や水利権の買い戻しに充《あ》てられてるのかもしれないぞ」

真崎は、別働隊の片桐隊長と交わした会話から考えたことをかいつまんで野中に教えた。

「それじゃ、殺《や》られた田久保は金持ちの中国人を拉致監禁してビビらせる仕事をしてたんだろうね。でも、てめえが表立って動くわけにはいかない。で、元予備校講師の寺町岳人をダミーのリーダーにしてた。寺町はいつまでも損な役回りなんかやってられないってんで、〝内職〟でおいしい汁を吸うようになったんですよね。ついでに、田久保の愛人《レコ》だった千佳を寝盗《と》っちまった。最近は、堅気《ネス》も大胆なことをするね。みんな、開き直ってるんだな」

「そうなんだろう。開き直れば、別に怕《こわ》いもんなんかないからな」

「それにしても、いい度胸してますね。もっと早い時期に寺町のことを知ってりゃ、追分組に引き抜きたかったよ」

「野中、冗談だよな？」

「もちろんです。追分組《うち》の連中は外道《げどう》だけど、堅気を困らせるような野郎どもはどいつも虫けら以下だと思ってる。だから、仮に寺町が組に入ったら、その日のうちに袋叩《フクロ》きにされて、尻《しり》に帆をかけて逃げだすだろうね」

「たとえが古いな。平成生まれには意味が通じないだろう」

「五、六十代の組員が多いから、どうしても年寄りじみちゃうんですよね。けど、おれは時代遅れな筋者は嫌いじゃない。兄貴たちは粋《いき》で、気っぷがいいんだ。みんな、金儲けは下手ですけどね」

「世渡り上手なやくざなんか、なんの魅力もないよ。ただのクズ野郎さ」

「おれも、そう思ってますよ。それはそうと、持久戦になりそうですね。でも、もう焦《じ》れません」

野中が電話を切った。真崎はスマートフォンを所定のポケットに戻した。

4

午後八時過ぎだった。

佐久間宅から白いカローラが走り出てきた。

真崎は暗視スコープを目に当てた。ステアリングを握っているのは、佐久間自身だった。同乗者の姿は見えない。佐久間は、寺町たちカップルの隠れ家に向かうのかもしれない。

真崎は気持ちを引き締め、専用覆面パトカーのスカイラインを発進させた。少し遅れて、野中もベンツを転がしはじめた。

佐久間の車は都心に向かった。そして湾岸道路をたどって、東関東《ひがしかんとう》自動車道に入った。どうやら寺町は、千佳と一緒に千葉県内のどこかに身を潜めているらしい。

真崎は千葉北《ちばきた》ICの少し先で、野中のベンツとポジションを替えた。スカイラインはドイツ車の後に従いながら、高速で走りつづけた。

佐久間は尾行には気づいていない様子だった。カローラは富里《とみさと》ICで降りてから、国道四〇九号線に入った。次に二九六号線を道なりに進み、芝山《しばやま》町を通過する。そのまま直進し、匝瑳《そうさ》市の八日市場《ようかいちば》で今度は国道一二六号線に乗り入れた。

国道を東へ向かっていた。道なりに進むと、銚子《ちょうし》市に達する。カローラは飯岡《いいおか》漁港の少し手前で左折し、内陸部に数キロ入った。

民家が疎《まば》らになり、雑木林と畑が目立つようになった。ほどなく佐久間の車は、古ぼけた工場のような建物の前に停まった。敷地内にワンボックスカーが駐《と》められている。

野中のベンツが少し先の暗がりで停止した。

真崎はスカイラインをベンツの後方に停め、静かに運転席から出た。野中も車を降り、大股で近づいてきた。近くで地虫《じむし》が鳴いている。

「寺町たち二人は建物の中にいそうだね。門のあたりに防犯カメラは設置されてなかったし、看板も見当たらなかったな。真崎さん、工場跡なのかもしれませんよ」

「そんな感じだな」

「おれが偵察に行きましょうか」

「いや、ひとりで動くのは危険だ。おまえは丸腰だろうからな」

「うん、いや……」

「拳銃《ハンドガン》を持ってるようだな?」

「アメリカ製のローシンL25ってポケットピストルのモデルガンを持ってるんだ」

「モデルガンだって⁉」

「そういうことにしといてくださいよ。安い護身銃だけど、丸腰よりは増しでしょ？」

「野中の独《ひと》り言《ごと》は、おれには聞こえなかったな」

真崎はにやりとした。

ローシンL25の全長は十二センチ二ミリしかない。重量も四百十グラムだ。弾倉《マガジン》には七発しか納まらないが、予《あらかじ》め初弾を薬室に送り込んでおけば、フル装弾数は八発になる。

「やたら発砲したりしませんよ。身に危険が迫ったときだけ引き金《トリガー》を絞るから、大目に見てほしいな」

「モデルガンを持ち歩いてても、銃刀法には引っかからない。野中、そうだろ？」

「うん、そうですね」

「常におれの後ろにいろ。いいな？」

「了解！」

「よし、行こう」

「敷地の裏手から突入するんでしょ？」

野中が訊いた。真崎は首を振って、廃工場と思われる建物に接近した。

敷地内に足を踏み入れても、何も起こらなかった。真崎は野中を庇《かば》いながら、入口の鉄《てっ》扉《ぴ》のドア・ノブに手を掛けた。ロックはされていない。

「中に入ったら、すぐ背中合わせになったほうがいいですよね？　武器を持った奴がいるかもしれないから」

野中が小声で言った。

「モデルガンを使う気でいるな。おまえは、もう現役じゃないんだ。ぎりぎりまで発砲するな」

「了解です」

「ちょっと退《さ》がってろ」

真崎はショルダーホルスターからベレッタ92FSを引き抜き、安全装置を解除した。マガジンには、十五発の九ミリ弾が詰まっている。

真崎は大型拳銃を左手に移し、そっと右手でノブを回した。

ドアを細く開け、中を覗き込む。天井からクレーンが垂れているが、機械は一台も見当たらない。やはり、廃工場なのだろう。

真崎は内部に忍び込んだ。すぐに野中が倣《なら》う。真崎はベレッタ92FSを右手に持ち替え、先に歩きだした。数メートル後ろから野中が従《つ》いてくる。

がらんとしたスペースの奥はコンクリートの壁で仕切られていた。向こう側には、かつて製品検査室があったのではないか。

仕切りドアを押すと、異臭が鼻腔《びこう》を撲《う》った。

大きな鉄の檻《おり》があり、その中に五台のパイプ製のベッドが並べられている。端《はし》のベッドには、半ば白骨化した死体が横たわっていた。

四台のベッドに身を横たえている男たちは痩《や》せ細っていた。四人とも表情が虚《うつ》ろだった。見張りはいなかった。

真崎は鉄製の巨大な檻に近づいた。

よく見ると、ベッドの脇には大きな青いポリバケツが置いてあった。新聞紙で覆《おお》われているが、便臭が漂ってくる。ポリバケツは便器代わりなのだろう。

男たちの衣服も垢塗《あかまみ》れで、悪臭を放っている。伸びた頭髪と髭が、いかにも不潔そうだ。

「檻に閉じ込められてる四人の男は、日本の不動産や水利権を買い漁った中国人の金持ちみたいですね」

かたわらに立った野中が、聞き取りにくい声で言った。

「ああ、おそらくな。奥のベッドに横たわってるのは、楊光富《ヤングアンフー》の変わり果てた姿なんだろう」

「拉致されて行方がわからなくなってた中国人だね？」

「ほぼ間違いないと思うよ。手に入れた日本のビルやマンションを絶対に売らないと断りつづけたんで、餓死させられたんだろうな。檻の中の四人も、脅迫には屈《くっ》しなかったにちがいない。だから、一日にわずかな食料と水しか与えられなかったんだろう」

「ひどいことをしやがる」

「そうだな」

真崎は野中に応じ、手前のベッドに寝ている五十歳前後の男に日本語で話しかけた。

「わたしは警察の者です。あなた方は必ず保護します。四人とも中国の方ですね？」

「そう。わたし、李《リー》という名前。少しだけ日本語話せるよ」

「あなたは来日中に拉致されて、ここに監禁されたんでしょ？」

「そうね。でも、最初は新宿西口の高層ホテルの一室に閉じ込められて、わたしが買った広尾《ひろお》の八階建てのマンション一棟を一億円で売らないと、上海《シャンハイ》に住んでる家族を皆殺しにすると威された。わたし、およそ六億で買った。一億で譲ったら、大損ね。だから、断った。誰も、そうする思うよ」

「でしょうね」

「わたし、ナイフで首を切られそうになった。それだけではない。殴られ、蹴られもしたね。でも、断りつづけたよ。そしたら、次の日の夜明け前にここに連れてこられた」

李《リー》と名乗った男が気怠《けだる》げに答えた。

「それはいつのことです？」

「二カ月ぐらい前ね。そしたら、すでに張《チャン》さん、呉《ウー》さん、唐《タン》さんの三人は監禁されてた」

「端のベッドで白骨化しているのは、楊光富《ヤングアンフー》さんなんでしょ？」

「そう。楊《ヤン》さんは一日一個与えられる菓子パンもおにぎりも食べなかったらしい。立派よ。中国人、誇りを大切にしてる。せっかく手に入れた日本のビルやマンションを安く売れと威されても、イエスと言わなかった。楊《ヤン》さんは損したくなかっただけじゃないよ。中国人の誇り棄《す》てたくなかったはず。だから、飢え死にする気になった。わたし、そう思ってるよ」

「そうなんだろうな。あなたを拉致したのは、やくざっぽい男たちでしたか？」

真崎は質問を重ねた。

「わたしは、真面目そうな男たち三人にホテルの一室に閉じ込められた。でも、呉《ウー》さんは銀座でショッピングし終えたときに柄の悪い二人の日本人にピストルを突きつけられて、東銀座のホテルの部屋に……」

「呉《ウー》さんはどなたなんです？」

「死んだ楊《ヤン》さんのベッドの隣にいるね。けど、呉《ウー》さんは日本語も英語もわからない。張《チャン》さんと唐《タン》さんも上海語か北京《ペキン》語しか通じないよ」

「そうですか。不動産を安く売れと迫ったのは田久保なんでしょうか。それとも、寺町という奴でした？」

「寺町と呼ばれてた男ね。でも、電話で田久保という日本人に指示を仰《あお》いでた。田久保がボスで、寺町はアンダーボスみたいよ」

「見張りがいないようですが……」

「二階で三人の日本人が寝泊まりしてる。寺町の手下みたいだけど、真面目そうな奴らね」

「その三人が食料や水を運んでくるんですか？」

「そう、そうね」

「少し前に佐久間という男が来たはずなんだが、どこにいるのかな？」

野中が李《リー》に訊いた。

「その男、奥にある階段を上がっていった。二階にいる仲間たちのとこにいる思う」

「寺町岳人はちょくちょく現われてるの？」

「前は週に一回は来てたよ。けど、最近はしばらく姿を見てない。わたしたちがなかなかイエスと言わないんで、半分ぐらいは諦めてるのかもしれないね」

「そうだったら、おたくら四人を……」

「殺す？」

李《リー》が野中に確かめる。

「そのつもりなんだろうが、おたくらは運がよかったね。今夜、間違いなく保護されるだろうから」

「そうなったら、わたし、上海にいる家族に会える。それ、嬉しいよ」

「少し待っててください。二階にいる佐久間たち四人の身柄を確保したら、階下《した》に戻ってきますので」

真崎は李《リー》に言った。

李は黙ってうなずき、目頭《めがしら》を押さえた。ほかの三人は事情がよくわからないようで、ほとんど表情は変わらなかった。

真崎は野中に目配せした。二人は鉄の檻から離れ、奥にある階段を静かに上がった。

三十畳ほどの居室《きょしつ》があり、壁際に二段ベッドが二つ置かれていた。中央のあたりにソファセットが据えられ、佐久間たち四人が酒盛りをしていた。

「逃げようとしたら、撃つぞ」

真崎は佐久間に言って、仲間の三人の顔を順に見た。佐久間が顔を強張《こわば》らせながら、不自然な笑みを浮かべた。

「何かの間違いなんではありませんか。ぼくらは学者の卵や研究者ですよ」

「博士号を取得しても、学者や研究者になる夢は諦めざるを得なくなった。そんなわけで、おまえら十数人は寺町岳人の手下になった。で、違法ビジネスで荒稼ぎするようになったんだろうが。な、佐久間！」

「どうして、ぼ、ぼくの名を知ってるんです⁉」

「そっちが寺町の右腕とわかってから、自宅近くで張り込んでたんだよ。それで、カローラを尾《つ》けてきたわけだ」

「えっ。でも、ぼくらは法に触れることなんかしてませんよ」

「もう観念しろ！　檻の中に入れられてる四人の中国人のひとりから聞き込みをしてるんだっ」

真崎は声を張った。佐久間の仲間たちが口々に弁解しはじめた。

「言い訳しても無駄だって」

野中がソファセットを回り込み、三人の男の顎《あご》を次々に外した。床《ゆか》に頽《くずお》れた三人は動物じみた唸り声をあげながら、転げ回りはじめた。口の周りは涎《よだれ》だらけだ。

「外野を黙らせたんで、こっちの質問に正直に答えるんだ。寺町は田久保豊に頼まれて裏ビジネスのリーダー役を演じてたんだな？」

真崎は佐久間を見据えた。

「知りません。ぼくは何もわからないんです」

「まだ粘る気か」

「本当に寺町さんが何をやってたのか知らないんですよ」

佐久間が目を伏せた。

真崎はベレッタの銃把《グリップ》に両手を掛けて、佐久間の眉間に狙いを定めた。佐久間がわなわなと震えはじめた。歯の根も合わないようだ。

「おれに任《まか》せてください」

野中が佐久間の背後に回り込み、すぐに太い腕を首に喰《く》い込ませた。無言で喉を圧迫すると、佐久間が苦しがってもがいた。

「裸絞めは、おれの得意技なんだ。白状しないと、気絶するどころか、あの世とやらに行っちまうぞ」

野中は言いながら、右腕で佐久間の喉をぐいぐいと絞めた。佐久間が白目を剝《む》いた。と、野中はすかさず力を緩《ゆる》めた。といっても、わずか四、五秒だった。同じことが十回近く繰り返された。

「こ、殺さないでください」

佐久間が真崎を見ながら、涙声で訴えた。

真崎はイタリア製の拳銃をホルスターに戻して、佐久間の前に立った。その直後、仲間のひとりが真崎の脚《あし》を掬《すく》おうとした。

真崎は片足を浮かせ、相手の側頭部を蹴った。相手が、怯《おび》えたアルマジロのように体を丸めた。唸り声は長く尾を曳《ひ》いた。

「日本の不動産を買い漁った中国人を何人拉致して、監禁したんだ？」

「ぼくらが寺町さんに指示されて拉致監禁したのは、全部で二十七人です。田久保さんに頼まれて桜仁会の若い衆が何人かの富裕な中国人男性を引っさらったみたいですが、詳しいことは本当に知らないんですよ」

佐久間が答えた。

「檻に入れられなかった中国人は、脅迫に屈して所有してた不動産を安く手放したわけだな？」

「そ、そうです」

「田久保が買い取って、物件の所有権を自分に移すようなヘマはしてないはずだ。トンネル会社と本当に譲渡された人物のことを喋ってもらおうか」

「そういうことは、ぼくらはわからないんです。寺町さんは聞いて知ってると思いますけど、そこまでは教えてくれませんでした。嘘ではありません」

「寺町は最初は田久保に頼まれて投資詐欺犯や成金たちを誘拐し、身代金をせしめたんだよな」

「は、はい。でも、どっちも手間がかかるので、田久保さんは日本のビルやマンションを手に入れた富裕層の中国人から物件を安く買い叩いて転売ビジネスで大きく儲けようと寺町さんに提案したようです」

「寺町は新たなダーティー・ビジネスをこなしながら、自分の手下たちを使って〝内職〟に励《はげ》んでたんだなっ」

「え、ええ」

「金に困ってるシングルマザーたちに体を売らせたり、ネットカフェ難民らにＩＴ機器や高級車をかっぱらわせた。田久保は寺町の個人的なシノギを知って、そっちの収益の何割かを吐き出せと言ったんじゃないのか？」

「警察は、そこまで調べ上げてたんですか。まいったな。田久保さんは半分寄越《よこ》さないと、桜仁会の人間に動いてもらうことになると凄んだみたいですよ。仕方なく寺町さんは個人的な裏ビジネスの儲けの半分を田久保さんに……」

「半分もピンハネされたら、面白くないだろう。だから、寺町は田久保の愛人の千佳を横奪《ど》りして、殺し屋に憎い奴を始末させたのか？」

「寺町さんは、田久保さんの事件には関与してませんよ。田久保さんのことを欲深い男だと言ってましたけど、まだ利用価値があるとよく口にしてたんです」

「寺町が本気でそう考えてるとしたら、殺し屋を雇わないだろうな」

「田久保さんは弁護士の弱みにつけ込んで、身寄りのない資産家の遺産を騙し取ったみたいだから、いろんな人間に恨《うら》まれてるんじゃないのかな。被害者の知人だけじゃなく、共犯者にも快く思われてなかったのかもしれませんね」

「田久保を背後で動かしてた黒幕がいるとも思えるんだが、そいつに心当たりはないか？」

「ありません」

「そうか。寺町は千佳と一緒に潜伏してるな？　どこにいるんだっ」

「それは……」

「寺町のいる所を知ってて隠したら、そっちの罪は一つ増えることになるぞ。監禁罪もあるから、五年以上は服役させられるだろう。しかし、捜査に協力してくれれば、一種の司法取引に応じてやってもいい」

「本当なら、喋っちゃいます。寺町さんは銚子のマリーナに係留してある『アマンダ号』という船室《キャビン》付きの白いクルーザーに千佳さんと一緒に隠れてます」

「マリーナなら、ここからそれほど遠くないな」

「ええ。国道一二六号線を直進して、三崎町《みさきちょう》二丁目の信号を右に折れ、海沿いに走っていくと、マリーナがあります。名洗港《なあらい》に接してるんです。岬の反対側には、犬吠埼《いぬぼうさき》灯台がありますよ。行けば、すぐにわかるでしょう」

「わかった」

　真崎は短い返事をして、野中に顔を向けた。

「おまえは、佐久間たち四人をここで見張っててくれ」

「四人をベッドに縛りつけて、おれも行きますよ。寺町が拳銃を隠し持ってるとも考えられるからね。二人のほうが心強いでしょ？」

「おれひとりで大丈夫だ」

「そう。なら、おれはここでこいつら四人を見張ってます」

野中が言った。

真崎は階下に下《くだ》り、建物の外に走り出た。スカイラインを駐めた場所まで駆け、急いで運転席に入る。脇道で車首の向きを変え、国道に乗り入れた。

十数分走ると、三崎町二丁目信号に差しかかった。右折し、屛風《びょうぶ》ケ浦《がうら》に沿って直進する。ほどなく右手に目的のマリーナが見えてきた。

真崎はマリーナの際《きわ》にスカイラインを停めた。

岸壁には幾艘《いくそう》かのクルーザーが舫《もや》われている。

真崎は音を殺しながら、車を降りた。吹きつけてくる海風は、たっぷりと潮の香《か》を含んでいた。

『アマンダ号』は岸壁の左端に係留されている。想像していたよりも船体は大きい。円《まる》い窓から、トパーズ色の灯が零《こぼ》れている。何やら幻想的だ。

真崎はクルーザーの甲板《デッキ》に移り、十秒ほど動かなかった。

足音を忍ばせて、キャビンに近づく。真崎は拳銃を握ってから、ドアの把手《とって》に触れた。

内鍵は掛けられていない。船室のドアを半分ほど開け、梯子段《はしごだん》の下のフロアに目をやる。

寺町と千佳が折り重なっていた。どちらも頭を撃ち抜かれている。血溜まりの中の男女は微動だにしない。

田久保を葬った者が、寺町と千佳の口も封じたのだろう。黒幕が実行犯に三人を始末させたのではないか。船室には濃い血の臭いが籠《こも》っている。真崎はドアを閉めて、ハンカチで把手を入念に拭いはじめた。

岸壁に跳《と》び移ったときだった。頭上を何かが駆け抜けていった。銃弾の衝撃波だった。銃声は聞こえなかったが、狙撃されたことは間違いない。真崎は身を屈《かが》めて、目を凝《こ》らした。

マリーナの近くの波間に水上バイクが浮かんでいる。灰色のウエットスーツに身を包んだ男が、消音器を装着した拳銃を構えていた。両手保持だった。命中率の高い構えだ。

真崎は、ベレッタ92FSの安全装置を外した。次の瞬間、また銃弾が放たれた。二発連射だった。

真崎は横に走り、岸壁に伏せた。寝撃《プローン・ポジション》ちの姿勢をとり、敵の銃口炎《マズル・フラッシュ》が瞬《またた》くのを待つ。十数秒後、またもや点のようなマズル・フラッシュが光った。狙撃者のいる位置がわかった。

すかさず真崎は撃ち返した。反動《キック》が手首に伝わってきた。薬莢《やっきよう》が右横に弾《はじ》き出される。水上バイクに跨《また》がった人影が揺れた。どこかに被弾したようだ。真崎は二弾目を放った。銃声が轟《とどろ》く。

水上バイクのエンジン音が響いた。真崎は起き上がって、暗い海に視線を放った。水上バイクは猛スピードで沖に向かっていた。白い航跡が夜目《よめ》にも鮮やかだ。

拳銃の有効射程距離は、せいぜい三十メートル程度だ。真崎は反撃を諦め、スカイラインに駆け寄った。

銃声を聞いた者はどこにもいないようだ。どこからも人は現われない。真崎は車のエンジンを始動させ、来た道を引き返した。

中国人たちが監禁されている建物は炎に包まれていた。真崎はためらうことなく、中に躍《おど》り込んだ。

クレーンからロープが垂れ、両手首を括《くく》られた野中が吊《つ》るされていた。窓ガラスが次々に砕《くだ》け、炎が内部の壁を焦《こ》がしはじめた。コンクリートの床には、ところどころ灯油が撒かれている。

脚立《きやたつ》の類《たぐい》はなかった。引火の恐れはあったが、真崎は迷わずロープの上部に照準を合わせた。拳銃の引き金を絞る。

運よく命中した。といっても、ロープをきれいに切断できたわけではなかった。それでも野中の体重で、じきにロープは千切《ちぎ》れた。

相棒はコンクリートの床に落ち、小さく呻いた。真崎は野中に駆け寄り、抱え起こした。

「何があったんだ？」

「サイレンサー・ピストルを持った三人の野郎が急に二階に上がってきて、佐久間たち四人の頭《ペテン》を撃ちやがったんです。おれはポケットピストルで反撃するつもりだったんだが、黒いフェイスマスクを被った男たちに取り囲まれちゃったんだ。ポケットピストルは奪われてしまった」

「檻の中の四人はどうした？」

「李《リー》たち四人も次々に射殺されました。おれはこっちに連れてこられて、両手を縛られてからクレーンで吊り上げられたんだ」

「とにかく外に出よう」

「うん」

野中が子供のようにうなずいた。真崎は野中を建物の外に連れ出し、すぐに縛《いまし》めを解《と》いた。

「逃げた三人は、おれが麻布署にいたことを知ってた。それから、真崎さんが現職だってこともね」

「なんだって⁉」

「もしかしたら、三人は警察関係者なのかもしれないいな」

「野中、考えられるぞ。そいつらの雇い主も警察庁か警視庁で働いてるんだろう。警察官僚なんじゃないのかな。その人物は中国人に何か恨みがあって、この国に迷惑をかけてる大陸出身者を懲《こ》らしめてやりたいと思ってるのかもしれない」

「真崎さんの推測通りなら、謎の黒幕はチャイニーズ・マフィアや不法滞在者を抹殺《まっさつ》する計画を立てて、その軍資金を……」

「リッチな中国人が所有してる日本の不動産や水利権を安く買い叩き、転売で利鞘《りざや》を稼いで、この国に迷惑をかけてる中国人たちを排除する気でいるんだろうな」

「そこまで中国人を嫌うのは、なぜなんですかね？」

「外国人にかけがえのない家族の命を奪われたのかもしれないな」

「あっ、三年前に歌舞伎町で上海マフィアと福建《フージエン》マフィアが縄張《シマ》りを巡って、銃撃戦を繰り広げたでしょ？」

「そうだったな。双方が短機関銃《サブマシンガン》を掃射し合ったんで、十四人のチャイニーズ・マフィアが死んだ。それだけじゃなく、流れ弾《だま》を受けて亡くなった日本人が五人いたはずだよ」

「そうだね。巻き添えで犠牲になった日本人の血縁者の中に一連の事件の首謀者がいるんじゃないですか」

野中が言った。

「考えられるな。黒幕が警察官僚《キャリア》なら、逃げた三人は警視庁人事一課監察にマークされてた現職の悪徳刑事なのかもしれないぞ。監察対象者から外してやるから汚れ役を引き受けてほしいと言われたら、その気になるんじゃないか。懲戒免職《ちょうかいめんしょく》になったら、人生は暗転する。黒幕が庇《かば》ってくれれば、停年まで警察官でいられるとなれば……」

「いろいろ悪さをしてきた警察官《サツカン》なら、殺しもやりそうだな」

「と思います。『セジュール成城』の水谷理事長の親族も、チャイニーズ・マフィアの抗争に巻き込まれて命を落としたのかもしれないな。水谷と警察関係者は犯罪被害者遺族の会か何かで知り合って、日本で暗躍してる中国人を皆殺しにする計画を立てたとも推測できる。その軍資金を捻出するため、リッチな中国人たちを田久保や寺町たちに拉致監禁させて、不動産や水利権の転売で利鞘を稼いだ。そう筋を読めば、ストーリーは繋《つな》がるじゃないか」

「そうですね。シングルマザーの戸部由起は遺産詐取のことを調べてるうちに水谷理事長たちのとんでもない陰謀に気づいて、そのうち恐るべき犯罪を暴《あば》く気でいた。けど、その前に殺《や》られてしまったんだろうな」

「そうなんだと思うよ。戸部由起を絞殺したのは、水谷自身なんじゃないのかな。おれは、そう睨んでるんだ」

「まさか理事長が自分の手を汚したりしないでしょ⁉　真崎さん、なぜそう読んだの？」

「水谷は田久保の手を借りて、自分の老人ホームの入所者二人から七億数千万円の遺産を詐取した。田久保は桜仁会と親交がある。田久保に由起の始末を頼んだら、水谷理事長は致命的な弱みを握られたことになるじゃないか。殺人教唆罪は、詐欺罪よりもずっと重いよな。だから、理事長は自らの手を汚す気になったんじゃないかと思ったわけさ」

「そっか、そうかもしれませんね。水谷の共犯者と思われる警察関係者はいったい誰なんだろう？」

「チャイニーズ・マフィア同士の抗争事件の巻き添えで亡くなった日本人の血縁者を洗えば、その人物は割り出せそうだな。間もなく消防車が急行するだろうが、おれたちはひとまず消えよう」

真崎は相棒に言って、先に走りはじめた。

翌日の午後二時過ぎである。

真崎は本庁舎の刑事部長室にいた。天野刑事部長とコーヒーテーブルを挟んで向かい合っていた。左隣のソファには峰岸参事官が坐っている。

「千葉県警の情報によると、寺町岳人と荻野目千佳はグロック19で頭部を撃ち抜かれたと断定されたそうだ。田久保豊も同じ凶器で射殺されてた。そうだったね？」

天野が真崎に顔を向けてきた。

「ええ、同一犯による犯行でしょうね。その実行犯は現職の警察官だと思われます。警察庁首席監察官の雨宮恭司《あまみやきようじ》氏の依頼で、三人を射殺した疑いがあります。三年前のチャイニーズ・マフィア同士の抗争事件で、雨宮首席監察官の実弟が流れ弾に当たって亡くなっています。そのことは別働隊が集めてくれた関係調書で確認しました」

「わたしも関係調書に目を通したので、そのことはわかってる。しかし、正義漢で知られる雨宮首席監察官が実弟の死への報復を企《くわだ》て、富裕な中国人の監禁事件の首謀者だったと疑っていいものかどうか。彼はわたしよりも二つ年下だが、尊敬できる警察官僚《キャリア》だ。いくら弟が理不尽な死を遂げたからといって、私怨にかられて凶行に走るとは考えられない。思慮深い男だからね」

「理性を失うほど実弟の死は重かったのでしょう。だから、日本で悪事を重ねてるチャイニーズ・マフィアを退治しなければならないと考えたんではないのかな。日本の不動産や水利権を買い漁ってるリッチな中国人のことも苦々しく感じてたにちがいありません」

「それで、中国人が所有してるビルやマンションを安く買い叩いて転売を重ね、チャイニーズ・マフィア狩りの軍資金にしてた?」

「ええ、そうなんでしょう。警察庁の首席監査官が警視庁《うち》の警務部人事一課監察係長に監察対象者リストから外してほしい警察官がいると相談を持ちかけたら、強くは拒絶できないと思いますよ。警察は階級社会ですからね。警察庁《サッチョウ》の首席監察官は、それだけの力を持ってます」

「そのことは否定しないが、雨宮君は人格者なんだよ。そこまでするものだろうか」

「別働隊の調べで、雨宮首席監察官が新宿署組織犯罪対策課の名和芳行《なわよしゆき》警部補、四十三歳と深夜レストランの個室やサウナで何回かこっそり会っていた事実も確認済みです。首席監察官は何人かの悪徳警官に恩を売って、犯罪の実行犯を引き受けさせたと思われます。名和芳行は実行犯グループのリーダーだったんでしょうね」

真崎は言った。天野刑事部長が唸って、峰岸参事官に意見を求めた。峰岸が少しためらってから、口を開いた。

「新宿署の組対《そたい》課長の話によると、名和刑事は暴力団関係者や風俗店オーナーにちょくちょく〝お車代〟をねだった疑いがあるそうです。人事一《ヒトイチ》課が収賄《しゅうわい》の裏付《ウラ》けを取ったら、懲戒免職になるでしょう」

「それを回避できるなら、代理殺人もやってしまう?」

「と思いますね。別働隊は、首席監察官に抱き込まれた刑事たちに見当をつけてるようです。その連中に鎌をかけさせてみましょうか」

「参事官、それはまずいな。もし読みが外れたら、身内を犯罪者扱いしたことが問題になるだろう。そういうことは……」

「ええ、避けたほうがいいのかもしれませんね。『セジュール成城』の水谷理事長も、実の息子のように目をかけてた妹の長男をチャイニーズ・マフィア同士の抗争事件の際《さい》に喪《うしな》っています」

「その甥《おい》は眉間にまともに流れ弾を受けて、即死したんだったね。享年二十七だったか」

「はい、そうです。水谷は事件の被害者遺族会で雨宮首席監察官と顔を合わせ、中国人マフィアたちを根絶《ねだ》やしにしないと日本人は安心して暮らせないと一緒に憤《いきどお》っていたという証言もあります。二人が意気投合して、チャイニーズ・マフィア狩りを謀《はか》ったと考えるのが自然でしょう」

「その疑いはあるね。しかし、水谷理事長が戸部由起を殺害し、雨宮首席監察官が悪徳刑事の名和らに田久保、寺町、荻野目千佳たちを片づけさせたという物的証拠があるわけではない。状況証拠だけで水谷理事長と首席監察官に任意同行を求めるわけにはいかないぞ」

「ええ。困りましたね」

「真崎君、何か妙案はないだろうか」

天野刑事部長が困惑顔になった。

「戸部由起が娘と住んでたアパートの部屋は、まだ引き払われていません。被害者の父親は事件が落着するまでは部屋をそのままにしておくと言ってました」

「そう。しかし、初動捜査で手がかりになる物証はすべて借り受け、いまも捜査本部に保管してるはずだよ」

「そうでしょうね。捜査員たちは部屋の天井裏や水洗トイレの貯水タンクの中まで検《しら》べたのでしょうか」

「隅々までチェックしたと思うよ」

「かもしれませんが、見落とした箇所がないとは断言できませんでしょう？」

「そうだが……」

「念のため、もう一度チェックしてみます。確か『下北沢コーポ』を管理してる不動産屋のことも捜査資料に記《しる》されてましたんで、事情を話してスペアキーを借ります」

真崎はソファから立ち上がって、そのまま刑事部長室を辞した。エレベーターで地下三階に下《くだ》り、スカイラインに乗り込む。真崎は世田谷区北沢に向かった。

目的の不動産屋を探し当てたのは、およそ四十分後だった。『下北沢コーポ』の近くにあった。

真崎は六十年配の店主に刑事であることを明かし、スペアキーを借り受けた。すぐさま車を『下北沢コーポ』に向ける。ほんのひとっ走りで、アパートに着いた。真崎は路上に覆面パトカーを駐め、一〇五号室のドア・ロックを解いた。

室内は蒸《む》し暑かった。真崎は窓をすべて開け放ってから、部屋をくまなく検《しら》べた。家具を動かし、納戸の奥まで首を突っ込んだ。トイレの貯水タンクの中も覗いた。だが、徒労だった。

いつしか汗だくになっていた。真崎はベランダで少し涼む気になった。由起のサンダルに爪先《つまさき》を突っ込んだとき、プランターが目に留《と》まった。

西洋野菜が植え込まれているが、葉は枯れかけていた。プランターの右端の土だけ、少しばかり色が異《こと》なっている。最近、掘り起こされた部分と思われる。

真崎は、わずかに変色している土を片手で掘り起こしてみた。と、指先に硬い物が触れた。それを摑んで引っ張り出す。

防水パウチに入れられたICレコーダーだった。真崎はICレコーダーを摑み出し、音声を再生させた。男同士の遣《や》り取《と》りが流れてきた。

――雨宮さん、困ったことになりました。田久保と植草弁護士に協力してもらって例の軍資金を七億数千万円調達できたのですが、そのことを介護職員の戸部由起に知られてしまったようなんですよ。彼女が理事長室の前で聞き耳を立ててたという密告が別の職員からあったんです。不安になって元職員の折原に戸部由起の動きを探らせたら、彼女は植草弁護士と田久保の周辺を嗅ぎ回ってたというんですよ。何か手を打たないと……。

――それはまずいな。水谷さん、その戸部という職員をなんとかしましょうよ。戸部は田久保のように億単位の口止め料を出せなんて言わないでしょうが、生かしておいては危険です。

――あなたは、前科者や悪徳刑事を何人もご存じですよね。一千万円ぐらいで、戸部由起を始末してくれる人間がいるでしょ？　そうだ、田久保を射殺した新宿署の名和刑事にあなたから打診してくれませんか。

――名和には、そのうち寺町と荻野目千佳を片づけさせるつもりなんですよ。その二人には、われわれがチャイニーズ・マフィア狩りの軍資金を違法な手段で工面《くめん》してることを知られてしまいました。ですので、口を塞《ふさ》いでおく必要があります。中国人犯罪者どもを皆殺しにするまで、あなたもわたしも捕まるわけにはいかない。犯罪計画を遂行しなければ、わたしの弟も水谷さんの甥っ子も成仏できないでしょうからね。

――ええ、そう思います。

――ご自分で戸部という職員を永久に眠らせてくださいよ。ネットの闇サイトを覗けば、拉致に手を貸してくれる奴は見つかるでしょう。都合の悪い人間は片づけないと、われわれの目的は果たせませんよ。二人とも、かけがえのない身内をチャイニーズ・マフィア同士の抗争の巻き添えで喪《うしな》ってしまったんです。水谷さん、鬼になりましょうよ。法で極悪人どもを裁くことができないなら、私的に制裁を加えるほかないでしょ？

――そうですね。わかりました。戸部由起は、この手で始末します。わたしの弱みにつけ込んで毎月百万円の口止め料を知人経由で受け取ってる折原も、いつか消してやろうと思っています。

――そうしたほうがいいでしょうね。われわれは法を破っていますが、報復には意義があります。ある意味では、正しいことをしてるわけですよ。ですから、悩むことはありません。

――そうですよね。わたし、肚《はら》を括《くく》ります。

――水谷さん、そうしてください。お互いに頑張りましょう。

――ええ。雨宮さん、監察の対象から外してやった三人の悪徳刑事《デカ》たちはチャイニーズ・マフィアのアジトを炸薬弾《さくやくだん》で爆破してくれるんですよね？

――彼らには、暴力団の上納金や企業舎弟の裏金をたっぷり分けてやりますから、わたしの指示通りに動くはずです。警視庁の人事一課長と監察係長にも鼻薬をきかせておきましたから、別に問題はありませんよ。

――それを聞いて、安心しました。雨宮さん、改めて乾杯しましょう。


音声が熄《や》んだ。

真崎は停止ボタンを押し、ICレコーダーを上着のポケットに滑り込ませた。動かぬ証拠を手に入れたわけだが、晴《はれ》やかな気持ちにはなれなかった。

正義感の強い首席監察官でさえ私憤《しふん》に囚《とら》われて、独善的な復讐鬼に成り下がってしまった。それが人間の愚かさなのだろうか。考えさせられてしまう。

真崎は暗然とした気持ちで、峰岸参事官に電話をかけた。ツーコールで、電話は繋がった。

「水谷幸一と雨宮恭司に任意同行を求めても大丈夫です。物証を押さえましたので」

「本当なのか⁉」

「ええ。戸部由起は自宅アパートのベランダに置いたプランターの土の中にＩＣレコーダーを埋めていたんですよ。水谷と雨宮の密談が鮮明に録音されていました。戸部由起は店の従業員に頼んで、ＩＣレコーダーを密談の席にこっそり置いてもらって後で回収したんでしょう」

「雨宮首席監察官は、名和刑事に田久保豊を射殺させたんだね？」

峰岸が訊いた。

「そうです。それから、寺町と千佳もね。佐久間たち四人と監禁されてた中国人たちを撃ち殺したのは、雨宮に抱き込まれた現職警官たちと思われます。戸部由起を絞殺したのは水谷自身でしょう」

「なんてことなんだ。警察関係者が犯行に加わってたなんて嘆《なげ》かわしい。この際、膿《うみ》を徹底的に出さないと、警察は市民から信頼されなくなるだろう」

「もう手遅れかもしれません。これからＩＣレコーダーを持って、本庁舎に戻ります」

真崎は電話を切った。

ふと夏空を仰ぐと、黒々とした積乱雲が拡《ひろ》がりはじめていた。

著者注・この作品はフィクションであり、登場する人物および団体名は、実在するものといっさい関係ありません。

本書は、『無法指令　密命警部』と題し、二〇一五年八月に光文社文庫から刊行された作品に、著者が大幅に加筆修正したものです。

超法規捜査

一〇〇字書評

切り取り線

購買動機（新聞、雑誌名を記入するか、あるいは○をつけてください）	
□（　　　　　　　　　　）の広告を見て	
□（　　　　　　　　　　）の書評を見て	
□ 知人のすすめで	□ タイトルに惹かれて
□ カバーが良かったから	□ 内容が面白そうだから
□ 好きな作家だから	□ 好きな分野の本だから

・最近、最も感銘を受けた作品名をお書き下さい

・あなたのお好きな作家名をお書き下さい

・その他、ご要望がありましたらお書き下さい

住所	〒				
氏名		職業		年齢	
Eメール	※携帯には配信できません		新刊情報等のメール配信を 希望する・しない		

この本の感想を、編集部までお寄せいただけたらありがたく存じます。今後の企画の参考にさせていただきます。Eメールでも結構です。

いただいた「一〇〇字書評」は、新聞・雑誌等に紹介させていただくことがあります。その場合はお礼として特製図書カードを差し上げます。

前ページの原稿用紙に書評をお書きの上、切り取り、左記までお送り下さい。宛先の住所は不要です。

なお、ご記入いただいたお名前、ご住所等は、書評紹介の事前了解、謝礼のお届けのためだけに利用し、そのほかの目的のために利用することはありません。

〒一〇一－八七〇一
祥伝社文庫編集長　清水寿明
電話　〇三（三二六五）二〇八〇

祥伝社ホームページの「ブックレビュー」からも、書き込めます。

www.shodensha.co.jp/
bookreview

祥伝社文庫

超法規捜査《ちょうほうきそうさ》 突撃警部《とつげきけいぶ》

令和 4 年 2 月 20 日　初版第 1 刷発行

著　者　南《みなみ》　英男《ひでお》
発行者　辻　浩明
発行所　祥伝社《しょうでんしゃ》
東京都千代田区神田神保町 3-3
〒 101-8701
電話　03（3265）2081（販売部）
電話　03（3265）2080（編集部）
電話　03（3265）3622（業務部）
www.shodensha.co.jp
印刷所　堀内印刷
製本所　ナショナル製本
カバーフォーマットデザイン　芥 陽子

Printed in Japan ©2022, Hideo Minami ISBN978-4-396-34790-1 C0193

祥伝社文庫　今月の新刊

南　英男
超法規捜査　突撃警部

シングルマザーが拉致殺害された。捜査を進めると、事件の背後に現代の悪の縮図が。唾棄すべき真相に特捜警部真崎航の怒りが爆発！

小杉健治
死者の威嚇《いかく》

身元不明の白骨死体は、関東大震災で起きた惨劇の爪痕なのか？　それとも――震災からまもなく一〇〇年。歴史ミステリーの傑作！

門田泰明
任せなせえ（上）
新刻改訂版　浮世絵宗次日月抄

卑劣侍の凶刃から公家の息女高子を救った宗次は、彼女を匿うが――相次ぐ辻斬り、上方暗殺集団の影……天下騒乱が巻き起こる！

門田泰明
任せなせえ（下）
新刻改訂版　浮世絵宗次日月抄

町人旅姿の宗次は単身、京へ。公家宮小路家の名を出した途端、誰もが口を閉ざした。古都の禁忌に宗次が切り込む！

長谷川　卓
狐森《きつねもり》　雨乞《あまごい》の左右吉《そうきち》捕物話

下っ引の左右吉は、旧友の豊松を探していた。女絡みで金に困り、店の売上を盗んだらしい。探索すると、次々と暗い繋がりが発覚し――。